Eva Baronsky &
Claudia Brendler

Liebe würde helfen

Ein Staffelroman

Kampa

Für den Blick hinter die Verlagskulissen:
www.kampaverlag.ch/newsletter

Lektorat: Ulrike Ostermeyer, Berlin
Originalausgabe

www.kampaverlag.ch
Covergestaltung: Lara Flues, Kampa Verlag
Covermotiv: © Francesco Cioccolella
Satz: Herr K | Jan Kermes, Leipzig
Gesetzt aus der Stempel Garamond LT / 210130
Druck und Bindung: Friedrich Pustet, Regensburg
Auch als E-Book erhältlich
ISBN 978 3 311 10073 7

Katrin

Sie parkt den Wagen, nimmt die Post aus dem Briefkasten, sieht nach oben. Tobias' Rollläden sind geschlossen. Behutsam lässt sie die Haustür ins Schloss fallen, obwohl sie genau weiß, dass er keineswegs schläft, sondern nur das Tageslicht aussperrt. So wie er neuerdings auch alle Geräusche aussperrt mit seinen Noise-Reduction-Kopfhörern, vermutlich hätte sie die Tür genauso gut fest zuschlagen können. Sie bleibt einen Moment reglos in der Diele stehen, lauscht. Stille. Als wäre sie allein im Haus. Dann trägt sie die Einkäufe in die Küche. Auf dem Küchentisch liegt ein Blumenstrauß, riesengroß, in Papier verpackt, die Stängel ragen in die Luft, sind bereits angetrocknet. Daneben ein aufgerissener Umschlag und eine Karte mit Rosenmotiv und dem Logo eines Blumenservice. Sie liest die Karte, lässt Wasser ins Spülbecken laufen, entfernt das Einwickelpapier und stellt den Strauß ins Wasser. Er kippt zur Seite, ist viel zu groß und zu schwer. Dann geht sie die Treppe nach oben und reißt Tobias' Zimmertür auf. Wie erwartet sitzt er vor dem Bildschirm, das

Zimmer abgedunkelt, nur die Nachttischlampe brennt. Er nimmt sie erst zur Kenntnis, als sie mit dem Deckenlicht Blinkzeichen gibt, zieht eine Seite des Kopfhörers vom Ohr.

»Wie kommst du dazu, meine Post zu öffnen?«, fährt sie ihn grußlos an.

Tobias gibt keine Antwort, wirft ihr nur diesen Blick zu, den er neuerdings draufhat, zwischen Arroganz und demonstrativer Geringschätzung.

»Ich habe dich was gefragt!«

Er hebt die Schultern, sieht wieder auf seinen Monitor. »Wollte wissen, ob er von Marco ist.«

»Nein, er ist nicht von Marco«, erwidert sie aufgebracht. »Wieso hast du ihn nicht ins Wasser gestellt?«

»Weil er nicht von Marco ist.«

Sie starrt ihn an, weiß für einen Moment nicht weiter. »Ich will, dass du die verdammte Kiste ausmachst, du hast lange genug gespielt.«

»Woher willst du das wissen, du warst doch gar nicht hier.« Die Gelassenheit in seiner Stimme treibt sie fast in den Wahnsinn.

»Tobias, ich schalte in zwei Minuten das WLAN ab!«

Wieder Schulterzucken. »Dann kann ich eben keine Hausaufgaben machen.«

Einfach die Tür knallen. Aber das kann sie nicht tun, wird es nicht tun, sie schließt sie nur mit

Nachdruck und geht wieder nach unten. Für eine Weile steht sie in der Küche, sinkt schließlich auf einen Stuhl, irgendwas muss sie tun, etwas Schönes, Entspannung, das Leben genießen, das kann doch so schwer nicht sein. Entschlossen öffnet sie eine Flasche Rotwein, schenkt sich ein Glas ein, stellt sich ans Fenster, sieht in die aufziehende Dämmerung. Beim ersten Schluck kommen ihr die Tränen. Sie flucht, stellt das Glas ab, räumt die Einkäufe in den Kühlschrank. Dann holt sie eine Vase aus dem Sideboard im Wohnzimmer und stellt die Blumen hinein. Mindestens fünfzig Euro, vermutlich deutlich mehr. Nutzt aber auch nichts. Sie wirft einen letzten Blick auf die Karte, ehe sie sie mitsamt dem Einwickelpapier in den Müll gibt. Ein Gentleman, alte Schule, einen Versuch war es zumindest wert. Er hat ihr die Tür aufgehalten, ihr aus dem Mantel geholfen, hat ihr den Stuhl zurechtgerückt, ungefragt einen Aperitif bestellt. Als er dann noch aufgestanden ist, weil sie aufs Klo musste, hat sie ihn abgehakt. Irgendwie war ihr das zu viel. Über sechzig, sowieso eine Schnapsidee. Und viel zu klein, sie käme sich lächerlich vor neben einem Mann, der nicht wenigstens einen halben Kopf größer ist als sie, außerdem haben so kleine Männer meistens Komplexe. Sie hat dann angefangen, ihn zu provozieren, hat demonstrativ eine Gegenhaltung zu jedwedem Thema eingenommen, über das sie gesprochen haben, auch wenn sie eigentlich seiner Meinung war, und als er ihr schließlich von der grandiosen Entwicklung des Aktienmarkts berichtet hat – offensichtlich, um durchblicken zu lassen, wie wohlhabend er ist –, hat sie ihm einen so knallharten Vortrag in Kapitalismuskritik hingelegt, dass er sie mindestens für eine Linksradikale halten musste. Offenbar hat nicht einmal das ihn erschüttern können, wie verzweifelt muss man sein? Sie trinkt einen weiteren Schluck Rotwein, öffnet eine Packung Cracker. Natürlich war es ein Fehler, sich von ihm nach Hause bringen zu lassen, sie ist extra zwei Häuser weiter ausgestiegen, doch anscheinend hat er gewartet, bis sie drinnen war, verfluchte alte Schule.

Sie öffnet den Computer, loggt sich in der Singlebörse ein. Kontakt verabschieden. Persönliche Nachricht: Vielen Dank für die Blumen, aber ich möchte keinen weiteren Kontakt. Weg damit. Erleichtert lehnt sie sich zurück, schenkt Wein nach. Dann ändert sie die Sucheinstellungen. Maximal sechs Jahre älter als sie, mit einem Schlag werden nur noch halb so viele Profile angezeigt, 137 statt 298, viel zu wenige, sie erweitert den Entfernungsradius so lange, bis die Zahl der Profile auf über 500 gestiegen ist. Oben klappt Tobias' Zimmertür, sie hört ihn die Treppe herunterkommen und legt rasch die Website der Stiftung, an deren Forschungsauftrag sie derzeit arbeitet, über die Seite der Partnerbörse. Tobias betritt die Küche mit Kopfhörern, nimmt, ohne sie anzusehen, eine Schüssel aus dem Schrank und schüttet Müsli hinein. Sie beobachtet ihn, er steht abgewandt, ist groß, groß wie ein Mann, wie sein Vater, dabei ist er doch ihr Baby, der Winzling an ihrer Hand. Sie betrachtet seinen fast schon breiten Rücken und sieht ihn gleichzeitig auf seinem Bobbycar, in Matschhose, Mütze und Gummistiefeln, will schreien über das Unwiederbringliche, das Verlorene, und ist im selben Moment unsicher, ob es je da war. Er holt die Milch aus dem Kühlschrank, und spätestens jetzt müsste sie sagen, hey, willst du nicht lieber etwas Richtiges essen, wollen wir nicht lieber etwas Richtiges essen, gemeinsam essen, aber sie tut es nicht, schaut nur, wie er das Müsli in Milch ertränkt, greift nach dem Wein und sagt kein Wort, er würde sie ohnehin nur wieder so anschauen, nach dem Motto: Du hast doch sowieso keinen Bock auf Kochen. Schweigend wartet sie, bis er mit seiner Schüssel nach oben verschwunden ist, schließt das Fenster der Stiftung, unter dem wieder das Partnerportal auftaucht. Mit Marco hat er gekocht, Burger vom Grill mit Pommes-Frites; Männeressen, hat Marco erklärt, als sie angewidert die Nase gerümpft hat über die Grillsaucen, die er angeschleppt hatte, voller synthetischer Zusatzstoffe, das Primitive an ihm war einfach nicht zu übersehen. Sie hält inne, lässt die Erkenntnis in sich hineinsickern: Ganz offensichtlich hatte sie es doch übersehen, am Anfang, als sie ihn kennengelernt und sich mit ihm eingelassen hatte, da war er ihr irgendwie richtig, verheißungsvoll erschienen. Das Fröhliche, Unbeschwerte an ihm, in der Anzeige hatte er sich als verträglich bezeichnet. Sie schaut auf, schaut aus dem Fenster, hinter dem der Himmel jetzt blaulila geworden ist, die noch kahle Birke auf dem Nachbargrundstück hebt sich als schwarzer Schatten davor ab. Wieso hat sie es damals nicht besser gewusst, hat es nicht gleich gesehen, schon sein Name war Hinweis genug: Marco. Das ist aber nicht dein richtiger Name, oder? Eine Kurzform von … ja, von was? Markus? Natürlich sei das sein Name, hat er erwidert, was denn sonst. Ob er noch mehr Namen habe, hat sie ihn gefragt, in der Hoffnung auf einen Johannes oder wenigstens einen Christian, irgendetwas, was nicht so nach Prekariat klingt. Nein, ich heiße einfach Marco, das ist mein einzigster Name. Er hat tatsächlich einzigster gesagt, wieso hat sie damals geglaubt, darüber hinwegsehen zu können? Im Laufe ihrer Beziehung ist es immer wieder vorgekommen, einzigster, und jedes Mal hat sie ihn so angesehen, dass er es hätte merken müssen, aber er hat es nicht gemerkt, es gibt eben auch bei Akademikern Unterschiede. Sie atmet tief durch, trinkt, spürt die entspannende Wirkung des Weins, wahrscheinlich war es einfach wichtig, diese Erfahrung zu machen, damit sie beim nächsten Mal genauer hinschaut. Sie wendet sich wieder dem Computer zu: Singles mit Niveau, unwillkürlich schüttelt sie den Kopf.

In der Zwischenzeit sind zwei Nachrichten gekommen, einer gibt ihr kommentarlos seine Bilder frei, er posiert im Schlabber-T-Shirt vor einem Holzregal, von dem sich eine Efeutute rankt. Sie entsorgt ihn ebenso kommentarlos. Die nächste Nachricht ist hell unterlegt, Vertriebsingenieur (53) verabschiedet sich von Ihnen, immerhin hängt er noch eine Nachricht an, er suche nach einer Partnerin zur Familiengründung. Aha. Sie scrollt durch den Nachrichtenverlauf, ein paar Abende haben sie sich durchaus humorvoll ausgetauscht, kein Wort über Kinder. In ihrem Kopf formt sich eine ziemlich scharfzüngige Antwort, die sie aber nicht loswerden wird, sie kann ihm keine Nachrichten mehr senden, auch sein Profil kann sie nicht mehr aufrufen, dabei hätte sie gern nachgeschaut, ob er bereits Kinder hat. Sie öffnet erneut die Sucheinstellungen und entfernt die Kinderlosen.

Der Himmel ist jetzt nachtblau, in den Fenstern der Häuser gegenüber brennt Licht. Sie schenkt Wein nach. Manchmal denkt sie daran, dass alles auch anders hätte kommen können, stellt sich vor, wie es gewesen wäre, kinderlos, und sie muss an ihre Doktormutter denken, die das Kinderkriegen irgendwie versäumt und sich ersatzweise auf Hauskatzen gestürzt hatte. So, hatte sie sich geschworen, würde sie niemals enden. Aber dann war sie doch plötzlich über dreißig gewesen und hatte nach und nach den Kontakt zu den Freundinnen verloren, die längst geheiratet und Kinder in die Welt gesetzt hatten. Und die Männer damals waren wie verflucht gewesen, bloß keine Kinder, einer hat vor lauter Angst, sie könnte ihm eins andrehen, keinen hochgekriegt. Mit solchen Typen ist ihr viel Zeit verloren gegangen, wahrscheinlich sind es genau die, die jetzt, mit über fünfzig, auf die Idee kommen, eine Familie zu gründen.

Als sie dann schwanger war, hat sie sich manchmal gefragt, ob sie doch hätte warten sollen, auf eine bessere Gelegenheit, ohne Kompromisse, aber sobald ein Kind da ist, sind solche Gedanken nicht mehr denkbar, weil dieses einzigartige Wesen nur auf diesem einen Weg gefunden werden kann. Bilder von Tobias, wie er auf der Decke im Garten liegt, Babylachen im Gesicht, als Fünfjähriger beim Skifahren, und wieder überfällt sie Sentimentalität, dieses Mal so sehr, dass ihr die Augen tränen. Sie steht auf, ohnehin müsste sie etwas essen, sie schnäuzt sich in ein Küchentuch, holt ein Stück Parmesan und Oliven aus dem Kühlschrank, Cracker, Parmesan, Oliven, Rotwein – die Zutaten für einen Abend, wie er sein könnte, wenn nichts fehlte.

Eine neue Mitteilung: Geschäftsführer (51) ist gerade online und schickt eine persönliche, annähernd fehlerfreie Nachricht. Die Berufsbezeichnung macht sie skeptisch, im Zweifel betreibt er ein Fitnessstudio oder eine Imbissbude. Sie antwortet mit ein paar Fragen zu seinem Wohnort und seinen Arbeitszeiten, Kompatibilität sei schließlich wichtig, fügt sie an und bittet ihn, seine Bilder freizugeben. Er bevorzuge ein Treffen statt vieler Nachrichten, der persönliche Eindruck sei entscheidend. Sie denkt an die vielen Male, die sie erwartungsfroh zu einem Treffen gefahren ist, um dann festzustellen, dass das Gegenüber eine Katastrophe war. Er schlägt einen Ort auf halber Strecke vor, etwa fünfzig Kilometer entfernt. Fünfzig Kilometer. Ein ganzer Abend, der dafür draufgehen würde, und die Wahrscheinlichkeit, dass es komplett vertane Zeit ist, liegt ziemlich hoch. Sie überlegt, ob sie ihn gleich wegklicken oder die Entscheidung auf morgen vertagen soll, dabei weiß sie längst, dass auch er eine Enttäuschung ist, und sie hat sich geschworen, sich gar nicht erst wieder in eine Situation zu bringen, in der sie allzu große Kompromisse eingehen würde. Sie klickt ihn weg, ich konzentriere mich gerade auf einen anderen Kontakt. Fertig.

Und nun? Sie hat nie geraucht, wird nie rauchen, doch in letzter Zeit wünscht sie sich manchmal, eine Zigarette zwischen den Fingern zu halten, so wie ihre Mutter das immer getan hat, und jetzt, da sie sich daran erinnert, fällt ihr auf, dass das Ausblasen des Rauchs ihr damals ungeheuer entspannend vorgekommen ist. Zumindest solange sie ein Kind gewesen ist und die Gesundheit der Mutter ihr als etwas Konstantes erschien. Heute sieht sie eine Zigarette natürlich als das, was sie ist: pures Gift, und umso absurder fühlt sich die Sehnsucht an, die sie plötzlich überfällt, als sie sich an den Aschenbecher aus hellgrünem Porzellan erinnert, mit der qualmenden Zigarette darin, der auf dem elterlichen Couchtisch stand. Sie springt auf, durchquert das Wohnzimmer und öffnet die Terrassentür. Atmet die kühle Abendluft ein, es riecht nach feuchter Erde und aufbrechender Natur. In ein paar Wochen wird es um diese Tageszeit hell sein, vor den Lokalen werden die Menschen im Freien sitzen, Paare, niemand wird allein sein, und irgendwo da draußen muss doch, verdammt noch mal, jemand existieren, mit dem sie dort sitzen kann. Sie schließt die Tür, kehrt in die Küche zurück, klickt systematisch ein Profil nach dem anderen an, die meisten hat sie schon gelesen, sie entfernt alle No-Gos, viele bleiben nicht übrig.

Den Radius erweitern. Nichts dem Zufall überlassen. Für ein paar hundert Euro könnte sie bei einem weiteren großen Portal Mitglied werden. Warum eigentlich nicht? Sie öffnet die Seite, klickt sich durch die Anmeldung. Sie zögert, ehe sie auf den Bezahlbutton klickt, fast vierhundert Euro, und das ist schon ein Sonderangebot. Aber was sind vierhundert Euro, sie verdient gut genug, schließlich geht es um ihre Zukunft. Sie gibt ihre Kreditkartennummer ein, dann ist sie freigeschaltet. Sofort macht sie sich daran, ihr Profil zu gestalten, beschreibt sich als witzig und gut gelaunt und wählt ein besonders attraktives Foto aus, Marco hat es aufgenommen, man sieht dir an, dass du glücklich bist.

Noch ehe sie alle Profilfragen beantwortet hat, kommen die ersten Likes und Nachrichten. Energie durchströmt sie, eine gute Entscheidung, und was sind schon vierhundert Euro! Erleichtert lehnt sie sich zurück.

Hanne

Sie hat keine Erinnerung, wie sie hierhergekommen ist. Hierher, vor diese Haustür, die sie kennt, natürlich kennt sie diese Tür, seit mehr als vier Jahren steht sie jeden Mittwoch um sechzehn Uhr dreißig davor und drückt auf die Klingel. Gleich wird sie Tobis Schritte hören, er wird die Tür öffnen, sie werden einander begrüßen, er wird durch den Flur vorausgehen wie immer, und sie wird auch diese Klavierstunde durchstehen. So, wie sie alles durchsteht. Seit fünf Wochen und zwei Tagen geht es nur noch darum, Durchstehen, Durchhalten, Weitermachen, wie, ist erst mal egal, Hauptsache durch. Was hinter dem Durch kommt, kann sie sich nicht vorstellen. Sie muss mit dem Bus hergefahren sein, wie immer. Muss gestanden oder gesessen, aus dem Fenster geschaut oder den Boden betrachtet haben, all die kleinen Pfützen, die die Schuhe der Leute hinterlassen, muss ausgestiegen und den üblichen Weg zu Katrins Haus gegangen sein, vorbei an den Geschäften, Dönerbuden, Pizzerien, Cafés, dem Bioladen, bis zu der ruhigen Seitenstraße mit den Reihenhäusern. Sie kann sich an kein Detail des Wegs erinnern, wo war sie währenddessen, haben Außerirdische sie entführt und wieder abgesetzt? Solche Gedanken fliegen sie jetzt manchmal an, abwegige Gedanken, die sie zum Lachen reizen, eine Verrückte, der Teile ihres Alltags fehlen. Ganz sicher hat sie vor dem Weggehen ihre Zähne geputzt, so sorgfältig wie immer, danach die Zungenreinigung, Zahnseide, antibakterielle Spülung. Der Geschmack von Zahnpasta und Spülung ist verflogen, sie schiebt sich ein Pfefferminz in den Mund und drückt wieder auf den Klingelknopf. Ist heute überhaupt Mittwoch? Ihr Handy ist nicht in der Tasche, wahrscheinlich zu Hause gelassen. Nein, in der Wohnung. Zu Hause gibt es nicht mehr, sie sollte das Wort nicht mehr denken. Sie dreht sich um. Die Straße hinter dem winzigen Vorgarten ist leer. Am Eingang des kleinen Parks steht ein Mann mit Hund. Er trägt einen Hut, einen Cowboyhut aus schwarzem Leder. Kurz fragt sie sich, ob er real ist. Was denn sonst, sie ist nicht verrückt, sie weiß auch, welcher Wochentag ist. Vorgestern war Montag, sie war bei der Therapeutin. Gestern war Dienstag, ein Nachmittag an der Musikschule, die Schüler wie Gespenster, sie selbst ein Gespenst. Das *Regentropfen-Lied* aus der Klavierschule für die Kleinen; Yann Tiersen, die Filmmusik von *Amélie*; eine dieser Kitschmelodien aus den *Biss*-Filmen; Mozart; Bartok; ein Lied aus der *Eiskönigin*; Ravel; Gershwin. Sie hat funktioniert. Die kleinste Schülerin, kaum sieben Jahre alt, hat nach der Stunde mit dem winzigen Zeigefinger über ihren Handrücken gestrichen, ganz kurz, ganz zart: Bist du traurig, Frau Martini? Sie hat überstürzt aufs Klo gehen müssen.

Der Mann mit dem Hund kommt nun die Straße herunter. Der Hund wieselt voran, schnüffelnd, er ist groß, hell, freundlich. Ein Kinderhund, Familienhund. Sie geht vor zum niedrigen Zaun des Vorgartens, fragt den Mann, wie spät es ist. Als er sein Handy herauszieht, versucht sie, einen Blick aufs Display zu werfen, dort müsste auch das Datum stehen, der Wochentag, zu klein, sie kann es nicht entziffern. Fünf nach halb fünf, sagt er, seine Stimme ist ein bisschen rau. Einer, der sich oft räuspert. Vielleicht erträgt seine Frau das ständige Geräusper nicht und schickt ihn deswegen mit dem Hund raus.

Danke, sagt sie, hält dabei automatisch die Hand vor den Mund, wie immer, wenn jemand nahe bei ihr steht. Nur der Zaun ist zwischen ihnen, und der Mann mustert sie, wirkt, als wollte er noch etwas sagen oder fragen. In diesem Moment hört sie Tobis Schritte im Haus, hört, wie er die Tür aufreißt, und sie bedankt sich noch einmal und geht zurück.

»Ich hab … gerade geübt, hast du schon mal geklingelt?« Tobi steht ihr gegenüber und schaut zu ihr herab. Ist es möglich, dass ein Vierzehnjähriger innerhalb einer Woche um mehrere Zentimeter wächst? Katrin ist klein. In der Schule waren sie ein ungleiches Freundinnenpaar, Katrin und sie. Klein und schmal, groß und plump. Daran muss sie jetzt denken, während sie Tobi ins Haus folgt und sich dabei wieder plump vorkommt. Tobi schlängelt sich durch den Flur, vorbei an herumstehenden Getränkekästen, entschuldigt sich, dass er sie warten ließ, nicht gehört hat. Im Wohnzimmer ist es warm. Und es duftet. Blumen. Ein riesiger Strauß, er beherrscht den Tisch, orange und weiß, der Duft ist stark, ihr wird schwindlig davon. Was daran liegt, dass sie seit Jans Geständnis kaum noch essen kann. Wenn man nicht isst, hat man umso mehr Mundgeruch. Schnell steckt sie ein frisches Pfefferminz in den Mund und sagt: »Schöner Strauß, sind das Fresien?«

Tobi zuckt mit den Achseln. »Keine Ahnung, hat Mama bekommen.« Er wendet sich ab, dreht sich zum Klavier, wirft sich fast herum. Sie zieht den Mantel aus und hängt ihn über die Stuhllehne. Ihre Hosen rutschen, passen nicht mehr, dabei hat sie sie erst vor kurzem gekauft. Genau vor fünf Wochen und einem Tag. Dem Tag nach Jans Geständnis, dass es die Neue gibt. Enge Hosen, figurbetonende Pullover, die jetzt an ihr herumschlottern. Tobi sitzt schon auf der Klavierbank, schlägt rasch die Noten auf. Natürlich hat er nicht geübt, wahrscheinlich ein Computerspiel gespielt. Sie zieht einen Stuhl heran. Nicht zu nahe, so wie sie es auch in der Musikschule hält, um niemanden mit ihrem eventuellen Geruch zu belästigen. Jan konnte nichts für seine Geruchsempfindlichkeit. Für ihn hat sie auf Parfüm und Cremes verzichtet, zugelassen, dass er ihr das Deo aussuchte, sogar die Pfefferminzbonbons. Das mit dem Mundgeruch kam erst später in ihrer Beziehung. Diese eine Autofahrt, als er es kaum neben ihr ausgehalten hat, so schlimm muss ihr Mundgeruch gewesen sein. Sie hatte kein Pfefferminz dabei, saß steif, aufgerichtet, sprach nicht mehr, traute sich kaum, auszuatmen. Ihre Zähne sind in Ordnung, der Zahnarzt hat nie eine Ursache gefunden, auch gerochen hat er nichts. Tobi hat schon angefangen zu spielen, die ersten Akkorde des C-Dur-Präludiums. Sie muss sich konzentrieren. Das hat sie auf einer Fortbildung gelernt: Die Augen schließen, nicht die Noten mitlesen – sie kennt das erste Präludium aus dem *Wohltemperierten Klavier* sowieso auswendig –, hören, was der Schüler zu geben hat. Tobi hat nach der ersten Modulation von C nach

G wie immer Holpriges zu geben, entschuldigt sich, fängt von vorne an. Er riecht nach Schweiß, eine Pubertätsausdünstung, sie kennt das auch von anderen Schülern und Schülerinnen, keine leichte Zeit, wenn man alles verströmt, Hormone, Schweiß, Hoffnung, Verzweiflung, wenn man sich auf den eigenen Körper nicht mehr verlassen kann, wenn er zum Rätsel wird. Sie erinnert sich gut an ihr eigenes Aufgewühltsein in Tobis Alter, während Katrin damals immer gelassen schien, zumindest äußerlich. Wie eng war ihre Freundschaft eigentlich? Hat Katrin gewusst, warum sie in dieser Zeit nur Jacken mit weiten Taschen trug? Wie sie sich für ihre Schaufelhände geschämt, sie immer in diesen Taschen versenkt hat? Außer in der Klavierstunde, da wurde sie dafür gelobt, dass sie mühelos eine Dezime greifen konnte. Aber das zählte nicht, Beliebtheit zählte, Begehrtsein. Katrin hat auf Klassenpartys viel herumgeknutscht, schon mit vierzehn, beinahe schamlos, sie erinnert sich an Katrin auf einer Matratze, während ihr der Klassenkamerad, wie hieß er, Steffen?, den Rock hochschob, im Halbdunkel. Wenn Tobi wüsste, was sie denkt, verdammt, sie muss zuhören, mit geschlossenen Augen, dann hört man nicht nur besser, man riecht auch mehr. Wenn man sich die Welt erschnüffeln will, muss man Augen und Ohren verschließen, Nase am Boden, wie ein

Hund, alles erschnüffeln, Ausdünstungsspuren, Hormonspuren, Lebensspuren, Jan und sie haben mal einen Hund anschaffen wollen, es dann doch nicht getan.

Tobi ist wieder hängengeblieben. Ob er nicht lieber etwas Neues anfangen will, fragt sie, den *Fluch der Karibik* zum Beispiel, das ist ein bisschen leichter und macht sicher Spaß. Tobi schüttelt den Kopf. Er mag dieses Präludium, sie weiß es, er hat es schon öfter gesagt, Tobi ist einer der wenigen Schüler, die freiwillig Bach spielen. Sie gehen die Stelle, an der er scheitert, zusammen durch, es liegt am vierten Finger, er muss den fünften nehmen, sonst stolpert er beim Lagenwechsel. Tobi bemüht sich, streicht eine Locke zurück, seine Haare sind inzwischen richtig schwarz. Bartflaum in seinem Kindergesicht, über der Oberlippe und auf den Wangen. Vor ein paar Jahren sah er Katrin noch ein bisschen ähnlich, inzwischen haben sich wohl die Gene seines Vaters durchgesetzt. Sie weiß wenig über Katrins Exmann. Erst nach Katrins Scheidung sind sie sich wieder über den Weg gelaufen, beim zwanzigjährigen Abi-Treffen.

Ob Tobi seinen Vater liebt, mit ihm reden kann, sie würde ihn gern danach fragen. Soweit sie weiß, gibt es eine neue Frau, neue Kinder, auch die Frau verlassen von einem Mann, wegen einer anderen, alle verlassen alle, Patchworkfamilien sind heute die Normalität. Was sich alles geändert hat in kaum drei Jahrzehnten, sie selbst hat sich als Kind noch dafür geschämt, dass sie eine vom Vater verlassene Tochter war. Haltlos, so hat sie sich immer gefühlt, schon als Schülerin, die Musik war ihr Halt, später war Jan ihr Halt, eigentlich will sie in der Therapie über all das gar nicht reden, will einfach nur ihr altes Leben zurück. Die Therapie ist eine Nottherapie. Ein paar Stunden zur Überbrückung, während sie auf einen richtigen Platz wartet. Sie hat sofort nach Jans Geständnis angerufen. Alle Notfallnummern, die sie finden konnte. Dann ist sie einkaufen gegangen. Vollkommen betäubt.

Tobi hat den Lagenwechsel geschafft, scheitert aber an dem nächsten arpeggierten Akkord und beißt auf seiner Unterlippe herum.

»Scheiße. So eine blöde Scheiße«, sagt er, dann entschuldigt er sich. Etwas Tieftrauriges geht von ihm aus, es hat nichts mit verpatzten Lagenwechseln oder verstolperten Arpeggien zu tun. Direkt danach fragen kann sie nicht, sie fragt nur: »Und sonst? Alles okay? Wie geht's in der Schule?«

»Hab noch so viele Hausaufgaben.« Tobi schaut auf die Tasten. Auch das ist nicht der Grund, sie spürt es. Manchmal erzählt er ein bisschen von der Schule, er hängt in verschiedenen Fächern, nur in

Mathe ist er gut. Freunde kommen in seinen Erzählungen nicht vor, das ist ihr aufgefallen.

Ob sie ihm helfen könne, fragt sie, hält dabei die Hand vor den Mund. Ein Dreiwortsatz schießt ihr durch den Kopf: Mundgeruch macht einsam. Aus einem Werbespot für Gebissreiniger, jetzt fällt es ihr wieder ein, sie war noch ein Kind, und die Omis, von denen sich alle abwandten, haben ihr leidgetan.

»Helfen? Bei den Hausaufgaben?« Tobi lächelt sein Zahnspangenlächeln. »Geht das? Ich meine … ich hab Klavierstunde, dafür bezahlt Mama dich doch.«

Es klingt ein bisschen nach Dienstbotentum, genau das ist der Grund, warum sie sich normalerweise weigert, zu Privatschülern nach Hause zu gehen. Nur bei Katrin hat sie eine Ausnahme gemacht, Tobi war neun damals, Katrin im Dauerstress, keine Zeit, ihn zu bringen und abzuholen. Jetzt könnte er längst mit dem Bus fahren, aber es ist dabei geblieben. Im Moment kann sie sowieso nicht in der Wohnung unterrichten. Überall Umzugskisten, die meisten Möbel sind weg. Sie hat noch keine neue Wohnung gefunden, müsste Tag und Nacht suchen, bei diesem schwierigen Wohnungsmarkt und ihrem geringen Gehalt, aber sie sucht nicht, sie tut nichts, als irgendwie durch die Tage zu schwimmen.

»Das ist schon okay«, sagt sie, »zeig mir einfach, was du aufhast«, und Tobi springt auf, kommt einen Moment auf dem Parkett ins Rutschen. Seine riesigen Füße in gestreiften Wollsocken. Soweit sie weiß, strickt Katrin nicht. Vielleicht von der Oma? Der Frau von Tobis Vater?

Im Zimmer ist es dämmrig, sie steht auf und knipst die Lampe über dem Tisch an. Draußen auf der Straße geht der Mann mit dem Hund auf und ab. Was für ein langer Spaziergang. Er trägt nur eine Lederjacke zum Hut, Jeans, Stoffturnschuhe. Kurz hat sie den Impuls, ihn hereinzubitten. Hier ist es warm. Zu warm. Fast heiß. In der Wärme entfaltet sich der Blumenduft, wird immer aufdringlicher. Unangenehm.

Tobi hat seinen Schulrucksack angeschleppt und breitet Blätter auf dem Tisch aus, Texte und Fragebögen. Vor allem die Deutschhausaufgabe macht ihm zu schaffen, Gedichtinterpretation. Damit kann er nichts anfangen, rein gar nichts. Sie setzt sich neben ihn, versucht, die Vase mit den Blumen ein Stück wegzuschieben. Zu schwer, zu voll, der Strauß zu üppig. Tobi zeigt ihr die Gedichte, sie sollen erst nur kategorisiert werden: Romantik, Dadaismus, moderne Lyrik, Rap. Eigentlich nicht schwierig. Eichendorffs *Mondnacht*. Schwitters. Bachmann: *Erklär mir, Liebe*. Eine neuere Dichterin, die sie nicht kennt. Den Rapper kennt sie auch nicht. Die Vase ist zu nahe. Dieser Duft. Der süßliche Duft des Verblühens, fast könnte einem schlecht werden. Kommt davon, wenn man die Nasenflügel zu weit aufsperrt. »Nasenflügel«. Sie spricht das Wort aus, ohne es zu wollen, hört sich selbst zu wie einer Fremden. Und spürt sofort Tobis Irritation.

»Könnte auch in einem Gedicht stehen, so ein Wort«, sagt sie schnell und hält sich dabei die Hand vor den Mund. »Was meinst du, in welcher Epoche würden sie solch einen Begriff am ehesten verwenden? In welcher eher nicht?«

Tobi zögert, rutscht auf dem Stuhl hin und her, sie zeigt auf den Eichendorff: »Und meine Nase spannte weit ihre Flügel aus, flog durch die stillen Lande als flöge sie nach Haus.«

Tobi kichert. »Nice«, sagt er und beugt sich über den Fragebogen. Anscheinend hat er jetzt irgendetwas verstanden, er füllt aus und kreuzt an. Sie hofft, dass er noch mehr aufhat, Mathe, Latein, Physik, egal was.

In der nackten Wohnung, die einmal ihr Zuhause war, hallt jeder Schritt. Diesen Monat zahlt Jan noch seinen Teil der Miete. Ab und zu kommt er vorbei, um etwas zu holen. Viel von ihm steht nicht mehr dort. Sie hatten getrennte Zimmer, jeder seinen Bereich, so wollten sie es: zusammenwohnen, aber nicht zu eng. Ihre Wohnung war auch sein Arbeitsplatz, ebenfalls ihr Arbeitsplatz, wenn sie übte oder zu Hause unterrichtete, die Musikerin und der Grafiker. Jetzt ist er mitsamt seinem Büro bei der Neuen eingezogen, die Neue ist schwanger.

Seine Beteuerungen: Nur Wochen habe die Beziehung gedauert, nur ein paar Wochen habe er sie angelogen, nicht länger, alles noch ganz frisch, und dann gleich schwanger, die Neue will ihn haben, macht Nägel mit Köpfen oder Kinder mit Köpfen, was denkt sie da, es sind die Blumen, die Blumen, dieser Duft hat beinahe etwas Toxisches.

Tobi schiebt den ausgefüllten Bogen zu ihr herüber und greift nach seinem Handy. Sie schaut auf die Kreuze, alles stimmt, soweit sie es beurteilen kann. Auf der Wanduhr ist es Viertel nach fünf, die Klavierstunde ist um.

»Wann kommt deine Mutter denn heute nach Hause?«, fragt sie.

»Ich glaub, sie hat nach der Arbeit noch eine Besprechung.« Tobi tippt auf dem Handy herum, sie spürt, wie er sich bemüht, den nächsten Satz beiläufig klingen zu lassen: »Hab irgendwie Lust auf Pizza.«

»Pizza?«, fragt sie, wozu das Echo, vielleicht, um ihnen beiden Zeit zu geben, denkt sie. Tobi tippt, und sie fragt sich, wo ihr Handy eigentlich ist. Vielleicht hat Jan sich gemeldet. Und wenn.

»Wir könnten uns vielleicht eine holen. Ich hab Geld«, schiebt Tobi schnell nach, und kurz spürt sie seine Einsamkeit, als wäre es ihre eigene. Eine kindliche, ausgelieferte Einsamkeit, zerzauster Jungvogel, weit weg vom Nest. Auch zu Hause kann man sich mutterseelenallein, von aller Welt verlassen fühlen. Sie würde ihm gern sagen, dass sie das versteht, natürlich lässt sie es, sagt nur: »Okay. Gute Idee.« Und versucht ihrerseits, sich ihre Erleichterung – oder Bedürftigkeit – nicht anmerken zu lassen.

Als sie das Haus verlassen, flackern die Laternen auf. Der Mann mit dem Hund ist weg. Wieder der Gedanke, dass er vielleicht nicht real war. Am Ende ist sie verrückter, als sie dachte. Blödsinn, sie hat mit ihm gesprochen.

Zwei Straßen weiter gibt es eine Pizzeria. Sie bestellen zwei Pizzen zum Mitnehmen, außerdem einen Salat, Katrin würde sicher wollen, dass Tobi auch etwas Gesundes isst. Die Pizzeria ist klein, nur drei, vier Tische, ein Tresen, an der Wand ein Gemälde, ein Meeresstrand, der ihr gar nicht italienisch vorkommt, mit Hochhäusern im Hintergrund. Hinter dem Tresen ein Mann mit schütterem Haar und wachem Blick, er lächelt, hält sie wahrscheinlich für Mutter und Sohn. Sein Akzent klingt osteuropäisch, ein Pole, Ungar, Russe vielleicht. Ihn umgibt etwas Trauriges, es umschwebt ihn, umhüllt ihn, etwas wie gelassene Trauer, eine Trauer, an die man sich gewöhnt hat. Vielleicht, denkt etwas in ihr, würden seine und ihre Trauer sogar zusammenpassen, würden die Düfte ihrer Trauer sich mischen, wenn sie sich umarmen würden, wortlos.

Was denkt sie da. Sie will ihn nicht umarmen, will niemanden umarmen. Der Mann hinter dem Tresen nickt. Als hätte sie etwas gesagt. Im Lokal sitzt nur ein einziges Paar, beide sind jung und dick, haben ihre Anoraks noch an, zwei gleiche Daunenanoraks, in Rot, sie essen schnell, mit den Fingern, obwohl Besteck und Papierservietten auf dem Tisch liegen, sogar eine Blume in einer Vase steht dort, gelb. Der traurige Mann packt ihre Pizzen ein, Tobi schiebt einen Zwanziger über die Theke, besteht darauf, sie einzuladen. Sie muss mit Katrin reden, das Geld von den Klavierstunden abziehen.

In der Wohnung deckt Tobi den Küchentisch: Teller, Wassergläser, Besteck, kleine Schüsseln für den Salat, violette Servietten. Seine welpenhaften Bewegungen, sein Eifer, mit dem er ihr dabei ein Computerspiel erklärt, das sie schon von anderen Schülern kennt. Auf der Ablage steht eine Flasche Rotwein, angebrochen. Sie gießt sich ein Glas ein, trinkt, während Tobi seine Pizza zersäbelt und Bissen für Bissen in den Mund schiebt. Die Trennung hat auch etwas Gutes, denkt sie nach dem zweiten Schluck, jede Trennung, jeder Neuanfang hat etwas Gutes, so sagt man doch. Zum Beispiel geht sie wieder aufrecht, schleicht nicht mehr gekrümmt herum, immer auf der Hut vor einer ätzenden Bemerkung von Jan. Zum Schluss konnte sie ihm nichts mehr recht machen. Er musste doch längst bemerkt haben, muss doch gespürt haben, wie seine Liebe zu ihr immer weniger wurde, wie sie schrumpfte, vertrocknete. Wie feige von ihm, denkt sie, früher hat er sie gebraucht, sich an sie geklammert wie ein Kind, ich hab dich lieb, hab dich lieb, hast du mich denn lieb, hast du mich wirklich lieb, ich hab dich lieb, hab dich, hab dich über. Die Grenze ist schmal, vielleicht merkt man es nicht gleich, wenn man sie überschreitet.

»Schmeckt es dir nicht?«

Tobi hat seine Pizza schon zur Hälfte verschlungen, sie schneidet sich einen Bissen von ihrer ab.

»Doch, schon, aber … ich hab's ein bisschen am Magen. Wenn du willst, kannst du nachher von mir noch was haben.«

»Ich kann doch nicht zwei Pizzas …« Tobi grinst, ein bisschen Tomatensauce um den Mund.

»Du brauchst die Kalorien. Jede einzelne. Aber iss auch Salat, Vitamine brauchst du noch mehr.«

Damals, kurz nach dem Abi-Treffen, als sie das erste Mal bei Katrin eingeladen war, saß Tobi mit ihnen an diesem Tisch und malte. Wie geht es dir, was hast du gemacht, ah, getrennt, und ich, ja, ich bin mit jemandem zusammen. Er ist Grafiker. Jan. Nein, verheiratet sind wir nicht, wir glauben an die Freiwilligkeit. Essen. Sie muss essen. Wenigstens eine Pizzaecke. Das muss doch zu schaffen sein. Die Küchentür steht offen. Sie glaubt, die toxischen Blumen bis hierher zu riechen. Auf einmal weiß sie, woran der Duft sie erinnert. An Jans Deo. Ein Billigdeo aus dem Supermarkt. Die Sprühdose war blau, aber es roch nicht blau, es roch orangerosa, blumig, betäubend, er kaufte immer mehrere Dosen, hortete sie, eine oder zwei davon stehen noch im Einbauschrank im Bad. Er schwitzt schnell und stark, aber sie hat seinen Schweiß nie gerochen, nur das Deo, das er sich nie ausreden ließ. Er war derjenige, der übersensibel war, sie nahm alles hin. Ob die Neue auch für ihn auf Cremes und Parfüm verzichtet, ob er ihren Schweiß erträgt, den Geruch einer Geburt, nach Windeln, nach Kinderkacke? Sie wünscht ihm viel Kinderkacke. Am besten kackende Zwillinge. Nein, Drillinge, mit Dauerdurchfall.

Von draußen jetzt Stimmen. Katrin. Und ein Mann. Sie müssen schon im Flur sein. Tobi hört auf zu essen, irgendetwas ist in seinem Blick. Sie schiebt ihr Glas ein Stück von sich fort. Katrin erscheint in der Tür, schimpft über die Getränkekisten im Flur, warum Tobi sie nicht weggeräumt habe, stockt.

»Oh, du bist noch hier.«

Sie erklärt, rechtfertigt sich fast, der Mann bleibt im Flur stehen, anscheinend unsicher, abwartend, vielleicht ist er die *Besprechung*.

»Wie nett«, sagt Katrin und lächelt. Wenn sie lächelt, passiert etwas mit ihrem Gesicht, es verliert seine Zartheit, das fein Gemeißelte, es wird Mund, zu viele Zähne, schöne, ebenmäßige, weiße Zähne, aber zu viele, sie passen nicht zum Rest, Katrins Gebiss ist zu groß für ihr Gesicht, Großmutter, warum hast du so viele Zähne, damit ich dich besser fressen kann. Vielleicht machen diese Zähne Männern Angst. Vagina dentata, sie hat den Begriff während des Studiums in einer psychoanalytischen Vorlesung gehört.

»Erschöpft«, sagt Katrin gerade, »du wirkst erschöpft, ist was mit dir?«

»Nein, nein, alles gut, nur ein bisschen schlecht geschlafen.«

Sie hat niemandem von der Trennung erzählt. Sie weiß nicht warum. Und wie lange sie alles noch geheim halten kann.

»Ich … muss jetzt.« Sie erhebt sich, schiebt den Stuhl weg.

»Jetzt iss doch wenigstens auf«, sagt Katrin. Sie trägt einen halblangen Rock, Stiefel, etwas Gerüschtes unter der Bluse, die betont schlicht ist, dazu eine dünne Lederjacke.

»Nein, nein, ich wusste nicht, dass du ... Schöne Blumen. Im Wohnzimmer, meine ich.«

»Wir sollten mal wieder was zusammen trinken gehen, in Ruhe«, sagt Katrin.

Sie stehen jetzt nebeneinander, blicken beide zu Tobi, der schweigend, beinahe wütend, Pizzastücke in sich hineinstopft.

»Bis zur nächsten Klavierstunde«, sagt sie, »und ... danke.« Sie meint die Pizza, aber es klingt fast, als meinte sie etwas anderes. »Okay«, sagt Tobi nur, und Katrin findet ihn unhöflich, er sollte aufstehen, ihr die Hand geben. Jetzt kann sie unmöglich von dem Pizzageld anfangen, muss es mit Katrin am Telefon besprechen. Allein der Gedanke daran erschöpft sie, am liebsten würde sie auf der Stelle einschlafen.

Im Flur stellt Katrin ihr den Mann vor, Holger, seinen Beruf nennt sie nicht, dafür ihren: Tobis Klavierlehrerin.

»Oh, Klavierlehrerin«, wiederholt er.

»Diplom-Musikpädagogin«, sagt sie und vergisst, die Hand vor den Mund zu halten. Sie stehen dicht beieinander in der Enge zwischen den Getränkekästen, er ist nicht viel größer als sie und ihrem Geruch ausgeliefert, Pizza, Rotwein, dem *Unerträglichen*, das Jan zuletzt an ihr gerochen hat.

Er kippt nicht um, zuckt noch nicht einmal zusammen. Er ist auf echsenhafte Weise glattrasiert, auch am Kopf, beim Lächeln spannt sich die Haut über den Wangenknochen.

Seine Echsenhaftigkeit passt zu Katrins Zähnen, daran denkt sie, später, schon im Bus, sie weiß nicht, wie sie darauf kommt, ihre Gedanken schwirren, irren, flirren in ihrem Kopf herum, in einem leeren, verfallenen Gehirn, ausgeräumt wie die Wohnung. Wie hat sie direkt nach der Trennung nur die Energie aufgebracht, das Sozialkaufhaus anzurufen und ihre Möbel abtransportieren zu lassen? Weg mit dem alten Leben, weg, alles weg, nichts behalten. Sich selbst gleich mit weggeben, in Vergessenheit geraten, der Welt verlustig gehen, für wen wäre ihr Verschwinden ein Verlust? Ihr fallen die nahen Verwandten ein, ihre Mutter, Tante, ihr depressiver Cousin, zwei, drei Kolleginnen, die eher Freundinnen sind, ein guter Freund, fünfhundert Kilometer entfernt, Katrin vielleicht, Tobi? Würde sie ihren Schülern fehlen? Wenn ja, dann nur kurz. Sie könne anrufen, wenn es sehr schlimm werde, hat ihr die Psychologin angeboten, sie war zu Tränen gerührt. Sie steigt aus. Die Straße mit den Häusern ist wie immer. Auf Jans Parkplatz steht der vw-Bus der Nachbarn. Neue Aufkleber auf der Heckscheibe, sie müssen wieder im Urlaub gewesen sein. Aufschließen. Erst die

Haustür, dann die Wohnungstür. Das Aufschließen ist immer das Schwerste. Im Kühlschrank ist noch eine Flasche Weißwein. Wie hat ihre Wohnung früher geklungen, wie hat sie gerochen? Wie riecht eine Beziehung, eine Liebe? Ihr fällt nur Jans Deo ein. Und genau danach riecht es im Flur. Und darunter nach etwas anderem, sie findet erst keinen Begriff dafür. Das Licht brennt, auf dem Boden liegt ein Zettel. Sie soll morgen um elf da sein, die Maklerin kommt. Sie ruft nach Jan, hofft für einen Moment, er wäre noch da, hofft gleichzeitig das Gegenteil. Niemand antwortet. Da ist nur der Geruch. Deo und dieses andere, etwas Stechendes. Nach Zoo. Sie geht dem Geruch nach, im Bad ist er stärker. Die blaue Dose mit dem Deo steht auf dem kleinen Absatz am Wannenrand. Auf dem Boden ein Handtuch. Eins von den blauen, das sie früher gern benutzt hat. Hat er sich schnell gewaschen, nachdem er irgendetwas ins Auto geschleppt hat, sich gewaschen und besprüht, damit er für die Neue gut riecht?

Ich brauch ein starkes Deo, glaub mir, ich stinke. Das hat Jan einmal gesagt, auf seine ironische und gleichzeitig selbstbewusste Art, sie haben beide gelacht, wahrscheinlich hat sie ihn geküsst: Du doch nicht. Tränenblind hebt sie das Handtuch auf, und da strömt es ihr entgegen: animalisch, raubtierhaft, abstoßend. Die Waschmaschine ist noch da, sie steckt das Handtuch hinein. Und in diesem Moment kommt das, was ihre Geruchs- und Geschmacksnerven längst wissen, bei ihrem Verstand an: Auf der Ebene der Pheromone ist es ihr gelungen, sich zu entlieben.

Wenn es nur nicht so lange dauern würde, bis der Rest von ihr es auch begreifen wird, sie weiß es, weiß es schrecklich genau. Jahre wird sie brauchen, jede einzelne Zelle in ihr wird sich blind und dumm stellen, sich der Erkenntnis widersetzen wie ein rebellischer Schüler. In der Küche – der Smoothie-Maker fehlt – gießt sie sich Wein ein und geht mit dem Glas ins Wohnzimmer. Auch dort riecht sie es, das Gemisch aus Deo und Animalischem. Feiner, ferner, aber vorhanden. Der goldgelbe Orientteppich vor der Heizung ist weg. Sie haben ihn kurz vor dem Ende gekauft, als könnte ein Teppich eine Liebe retten. Einen Tisch gibt es nicht mehr, sie stellt das Glas auf eine Umzugskiste und öffnet das Fenster weit.

Oliver

Das Erste, was er wahrnimmt, ist ein Geräusch. Ein Brummen, begleitet von einem leisen Klirren, das seltsam hallt. Er öffnet die Augen einen Spalt breit, sieht schmuddelgrünen Tweed. Conans Sofa. Bei Tageslicht hat es eine ganz andere Farbe als in der Nacht. Er hebt den Kopf. »Conan?« Keine Antwort, nur das Brummen, das ihm jetzt laut vorkommt. »Hallo?« Niemand. Die Kneipe ist hell, verlassen, unwirklich. Er tastet nach dem Handy in seiner Hosentasche, 9 Uhr 13, lässt den Kopf zurück aufs Polster fallen, du hast die ganze Nacht auf diesem ranzigen Sofa geschlafen. Ganz vorsichtig, Schritt für Schritt, setzt er seine Gedanken in den vergangenen Abend hinein, man weiß nie, wohin man tritt. Ein ganz normaler Abend, oder? Er ist direkt aus dem Büro hierhergekommen, ziemlich spät, hat länger gearbeitet, als er müsste, wo zum Teufel ist seine Aktentasche? Er schreckt auf, sieht sich um, greift sich dabei an den Hals, tatsächlich trägt er ein Bürohemd, die oberen Knöpfe sind geöffnet, keine Krawatte. Er spürt Durst und leichten Schwindel, legt sich abermals hin. Zwischen den Tischbeinen hindurch sieht er zum Fenster, parkende Autos, gelegentlich ein Passant, er sieht nur die Unterkörper, den Rest verdecken die Tischplatten. Einen Veggie-Burger mit Pommes-Frites hat er gegessen, Beefburger waren aus, das weiß er noch genau. Er hat erst Bier, dann Rotwein getrunken und sich eine Weile mit Conan unterhalten, das heißt, eigentlich hat er Conan reden lassen, von den alten Zeiten, als er die Kneipe aufgemacht hatte, und wie es damals gewesen sei, hier im Nordend, die Frauen ganz anders drauf, die Männer auch, auch alle durchgeknallt, aber anders, normaler, verstehste, was ich mein? Er versteht es nicht, die Zeiten, von denen Conan redet, erscheinen ihm fremd und in Schwarzweiß, so verstaubt wie das Sofa, auf dem er liegt und das Conan vom Sperrmüll geholt hat, wie alle Möbel hier. Gelegentlich kommt ein Stuhl dazu oder eine Lampe, der Laden ist vollgestopft. Unglaublich, was die Leute so alles fortschmeißen, sagt er immer wieder. Er schätzt Conan auf Mitte fünfzig, könnte sein Vater sein, aber Conan als Vater kann er sich beim besten Willen nicht vorstellen. Eine Stimme lässt ihn zum Fenster sehen, ein kleines Mädchen schaut ihm direkt ins Gesicht, sie hat die Nase an die Scheibe gepresst und die Hand über die Stirn gelegt. »Da hinten«, sagt sie, es klingt, als spräche sie aus einer Blechdose. Neben ihr zwei Beine in Jeans, Männerbeine, ein Vater vermutlich. Er bleibt liegen, schließt die Augen, wartet, bis sie weitergegangen sind. Dann setzt er sich endgültig auf, checkt sein Handy. Die oberste WhatsApp stammt von einer ihm unbekannten Nummer, ist aber schon gelesen, ein Zwinkersmiley und ein Name, dann erinnert er sich wieder an die Frau, mit der er sich spät am Abend noch unterhalten hat. Sie war mit einem Typen da gewesen, vielleicht ihr Freund, es war unverkennbar, dass die beiden sich im Laufe des Abends zerstritten hatten, der Typ ist schließlich abrupt aufgestanden und hat den Laden verlassen, die Frau hat eine Weile vor sich hin gestarrt, ist dann zum Tresen rübergekommen und hat sich ein Glas Wein bestellt. Kurz darauf sind sie ins Gespräch gekommen, ziemlich süße Frau, aber er kann sich nicht mehr genau daran erinnern, worüber sie gesprochen haben.

Er steht auf, geht zum Tresen, Kaffee wäre gut, aber er hat keine Ahnung, wie die Kaffeemaschine funktioniert, ein riesiges Ding aus Chrom, das wahrscheinlich explodiert, wenn man etwas falsch macht. Da sieht er den Zettel: Koffer hinter dem Sofa, 38 Euronen, Übernachtung frei. Das klirrende Brummen kommt von einem der Kühlschränke, die Flaschen darin vibrieren gegeneinander, er nimmt eine Wasserflasche heraus, trinkt, steht unschlüssig da und betrachtet die alten Apothekenregale, die dem Lokal seinen Namen geben, Drugstore, sieht die runtergebrannten Kerzen in den Windlichtern, die Filmplakate an den Wänden, Conan der Barbar. Geh rauf in deine Wohnung, dusch dich, trotze dem Tag. Es kostet ihn Überwindung, den Koffer zu holen und die Hintertür zum Treppenhaus zu öffnen.

Während der Computer hochfährt, macht er Kaffee, gibt dann den Namen der Frau von gestern bei Facebook ein, klickt sich durch ihre Bilder, überlegt, ob er sie anschreiben soll. Verdammt hübsch, wahrscheinlich hat er keine Chance. Eine WhatsApp von Steffi, sie schickt Bilder, offenbar war sie gestern mit dieser Svetlana unterwegs, kannst du heute Abend? Er verschiebt die Antwort auf später, dabei würde es ihm gefallen, Steffi zu sehen, für einen Moment stellt er sich vor, dass sie etwas zusammen kochen und er dann bei ihr übernachtet, es ist doch schön mit Steffi, wieso also nicht? Er geht auf Steffis Facebook-Seite, likt eines ihrer Fotos, klickt sich durch die Liste seiner Freunde, streunt durch Profile, bis er schließlich doch bei Laura landet, eine Routine, die er sich abgewöhnen muss, aber es ist, als behielte er eine Art Verbindung zu ihr, wenn er ihre Postings kennt. Dann sieht er das Bild. Ein verschwommener, abstrakter Fächer in Schwarzweiß, und etwas in ihm klappt zusammen. Threesome, 12. Woche, hat sie daruntergeschrieben, und einen vor Begeisterung berstenden Emoji dazugesetzt. Ihm wird schlagartig schlecht. Für einen Moment ist er versucht, den Computer zuzuklappen, einfach nicht hinschauen, aber dafür ist es zu spät. »Zu spät«, sagt er halblaut, und dann wühlt er in ihren Bildern nach dem dazugehörigen Mann. Er hat ihn schnell identifiziert, Jan heißt er, dunkle Haare, Koteletten, einer, der auf cool macht. Postet Links zu irgendwelchen Design-Awards und hippen Animationsseiten, na wunderbar, denkt er bitter, so einen hat sie also gewollt. Keinen biederen Juristen wie ihn, einen Lebensversicherungsfuzzi mit Aktenkoffer, so hat sie ihn genannt, erst liebevoll, dann spöttisch und schließlich so abfällig, dass er nicht mehr gewusst hat, wie er weitermachen soll. Jetzt also das Lifestyle-Modell. Jan hat coole Freunde, steht demonstrativ auf Designermöbel und ein futuristisches Sushi-Restaurant. Und auf eine Frau namens Hanne. Zumindest laut seinem Beziehungsstatus. In einer Beziehung mit Hanne Martini. Hanne ist blass, schlank und mindestens fünfzehn Jahre älter als Laura. Das letzte Bild, das sie als Partnerin von Jan ausweist, ist keine drei Monate alt. Er spürt, wie er unkontrolliert zittert, als verselbstständige sein Körper sich. Klick es weg, denkt er, es geht dich nichts an, was sie schon wieder für eine Scheiße fabriziert, aber er kann nicht wegschauen, sondern nur noch genauer hinsehen, auf die Details in Lauras Bildern, seit wann kennt sie diesen Jan? Auf einem Bild sind sie Arm in Arm zu sehen, wahrscheinlich hat der Typ einfach vergessen, seinen Beziehungsstatus zu aktualisieren. Er klickt auf den verschwommenen Fächer, auf die hellen Flecken in der Mitte, und bekommt für einen Moment keine Luft. Am liebsten würde er sofort nach unten rennen, in den Drugstore, aber Conan macht erst um fünf auf, und überhaupt, was sollte er ihm erzählen? Dass er seit einem Jahr Zustände bekommt, wenn er irgendwo Babys sieht, oder Frauen mit Kinderwagen? Dass er Albträume hat und nachts wach liegt, dass er sich nicht erinnern kann, seither nur ein einziges Mal gelacht zu haben? Conan würde ihn anschauen und den Kopf schütteln, sich vielleicht an die Stirn tippen. Is echt ne Schlampe, würde er wahrscheinlich sagen, vergiss sie einfach.

Er steht auf, geht in die Küche, trinkt ein Glas Wasser. Plötzlich sieht er sie wieder dort auf der Spülmaschine sitzen, das Weinglas in der Hand, und er muss schlucken, damit er nicht zu heulen anfängt. Ob er diesen Jan warnen sollte? Männersolidarität, weißt du eigentlich, was geschehen ist? Aber was würde das ändern? Dieser Jan würde ihm vielleicht einfach auf die Schulter klopfen, tut mir leid für dich, Kumpel, bei uns ist das etwas anderes. Und er stellt sich Laura vor, wie sie Jan die Arme um den Hals legt, genau wie ihm damals, und »Weißt du was?« in sein Ohr flüstert. »Ich will ein Kind!« Er hatte sich bemüht, seinen Schreck zu verbergen: Ein Kind, so früh, sie kannten sich erst ein halbes Jahr. »Bist du sicher?«

»Ja, ganz sicher. Du bist mein Traummann, und ich will eine Familie. Jetzt.« Sie schien wirklich sehr verliebt, auf eine fast manische Art, aber damals dachte er, das gehöre zu ihrem Wesen, auch der Sex mit ihr war manisch, das hat er irgendwie genossen.

Er fährt sich mit den Händen übers Gesicht, als könnte er die Gedanken wegwischen. Du musst hier raus. Er putzt sich die Zähne, kämmt sich die Haare, nimmt seine Jacke. Draußen ist es sonnig und schon fast warm, ohne nachzudenken, geht er los, Richtung Innenstadt, erst nach einer Weile wird ihm klar, dass er ein Ziel hat. Kurz bevor er die Markthalle erreicht, spürt er sein Herz klopfen: Was, wenn sie wirklich da ist? Er betritt die Halle von der hinteren Seite, schlendert zwischen den Ständen umher, so gleichmütig er kann, überlegt, ob er Käse kaufen soll, aber er hat das Gefühl, nie im Leben wieder etwas essen zu können. Wie jeden Samstag um diese Zeit drängen sich Menschen am Austern-Stand, Beklemmung schnürt ihm die Kehle zu, er stellt sie sich zwischen ihnen vor, mit einem Glas in der Hand, den Kopf in den Nacken gelegt, lachend. Langsam schiebt er sich durch die Menge, umrundet den Stand, einmal, zweimal, bleibt schließlich davor stehen. Der Kellner sieht ihn mit einem Nicken an, als gäbe es keine andere Option als Zustimmung, also nickt er ebenfalls, reicht dem Kellner einen Schein und nimmt ein Glas entgegen. Und dann steht er da und trinkt Sekt, und der Lärm um ihn herum gerinnt zu einem an- und abschwellenden Pochen.

Sie war sofort schwanger geworden, hatte ihm aufgekratzt den positiven Test präsentiert, siehst du, das soll so sein. Er hat es den Hormonen zugeschrieben, dass sie sich bald darauf verändert, ihn plötzlich immer kritischer gesehen, ihn immer öfter gemaßregelt hat, und er fragt sich oft, was er hätte tun können, um das Ganze zu retten. Ob sie vielleicht gespürt hat, dass er sich anfangs nicht richtig auf das Kind freuen konnte, unsicher war, ob er das würde stemmen können, eine Familie ernähren und all die Einschränkungen auf sich nehmen? Darüber hat er mit ihr nie geredet, hat versucht, sich nichts anmerken zu lassen und sie zu bestärken, aber er konnte ihr nichts mehr recht machen. Es war, als wäre er auf einmal ein anderer Mann, der falsche für sie, denn so hat sie sich verhalten, er hat das nicht verstanden, bei anderen Frauen wirken sich die Hormone ja auch nicht so aus. Sie hatten es noch niemandem gesagt, das solle man nicht tun, hatte sie erklärt, erst nach dem dritten Monat, erst dann sitze das Kind richtig fest, danach werde sie es publik machen. Währenddessen hat sie sich immer mehr zurückgezogen, und er war fast so weit, sie zu fragen, ob er eine Weile ausziehen soll, er hätte zu Freunden gehen können, vorübergehend, aus Rücksicht auf ihre Befindlichkeiten, aber andererseits wollte er sie in diesem Zustand auch nicht allein lassen, Wasserkisten und so weiter, dabei wurde es immer schwieriger, die Situation zu ertragen.

Ein Aufschrei, gefolgt von Gelächter. Neben ihm stehen zwei alkoholisierte Frauen, eine hat sich offenbar gerade Sekt über ihre Bluse gekippt, der Stoff klebt nun auf der Haut und zeichnet die Kontur ihres BHs nach. »Miss Wet-T-Shirt«, ruft sie und reckt die Brust nach vorn, ihr Blick bohrt sich kurz in seinen. Auf einmal hat er Lust, nach diesem Busen zu greifen, eine ganz gewalttätige Lust, ihn zusammenzupressen, so fest, dass sie noch einmal schreien würde. Er spürt Druck in seiner Hose und sieht zu Boden. Und dann ist das Bild erneut in seinem Kopf, und er weiß, dass er es nicht mehr loswerden wird: Laura im Nachthemd, auf der Spülmaschine sitzend, mit einem Rotweinglas in der Hand. Er war gerade nach Hause gekommen, hatte ihr das Glas aus der Hand gerissen. »Laura, du bist schwanger, du kannst doch keinen Alkohol trinken!«

»Spießer«, hatte sie gesagt und verächtlich gelacht. »Natürlich kann ich, ich lasse es eh wegmachen.« Er hielt es für einen ihrer boshaften Zynismen, die sie an den Tag legen konnte, wenn sie niedergeschlagen war. Aber sie meinte es vollkommen ernst. Es sei ein Fehler gewesen, sie hätte ihn einfach nicht gut genug gekannt, sonst hätte sie gleich gewusst, dass es schlecht ausgehen würde. Er war sprachlos. Erst nach einer Weile hat er zaghaft gesagt, es sei auch sein Kind und er freue sich darauf, und in dem Moment, in dem er es gesagt hat, hat er gespürt, dass es die Wahrheit war, dass er sich tatsächlich auf dieses Kind freute, doch da war es schon zu spät. Sie hat es durchgezogen, entgegen seinen Einwänden, seinen Warnungen, seinen Bitten, seinem Flehen. Sie hat es durchgezogen. Hat eine Beratung gemacht und dann die Abtreibung, als wäre das kein Kind, sondern eine Waschmaschine oder eine Urlaubsreise, deren Bestellung man storniert, wenn man es sich anders überlegt hat. Ein paar Tage haben sie noch zusammengewohnt, aber kaum mehr miteinander gesprochen. Alles war tot zwischen ihnen, so tot wie das Kind.

»Hey, was ist denn mit dem los?« Er hebt den Kopf, die beiden Frauen sehen ihn übertrieben mitleidig an. »Traurig?«

Er weiß keine Antwort, leert sein Glas in einem Zug, stellt es ab und verlässt die Markthalle. Ziellos läuft er durch die Stadt, am liebsten würde er sich ins Bett legen und bis zum Montagmorgen durchschlafen, aber er weiß, dass er nicht schlafen kann, er kann nicht einmal in seine Wohnung, diese Wohnung, aus der sie ausgezogen ist, kurz nachdem sie Fakten geschaffen hatte. Er holt sein Handy aus der Tasche, schreibt Steffi, dass er zu ihr kommen wird, starrt auf die Häkchen, aber sie werden nicht blau. Er spürt den Alkohol, du musst etwas essen, aber er bringt es nicht fertig, eine der zahllosen Bäckereien zu betreten und sich ein Stück Blechpizza zu kaufen, am liebsten will er jetzt und sofort zu Steffi gehen, mit ihr kochen, essen, bei ihr sitzen. Er schaut auf das Handy, aber die Nachricht ist noch immer ungelesen. Er ruft sie an, es dauert, bis sie abnimmt, im Hintergrund ist Musik zu hören.

»Wo bist du?«, fragt er.

»Shoppen, in der Stadt, mit Svetlana.«

»Wie lange brauchst du noch? Ich komme zu dir. In einer Stunde.«

»Sag mal, geht's noch? Erst meldest du dich gar nicht, und dann …«

»Tut mir leid.«

»Also gut, komm um sechs.«

Knapp drei Stunden, die er in der Stadt verbringt; er betritt Bekleidungsgeschäfte, eine Parfümerie, kauft ein Hemd, schließlich gönnt er sich in einem Nagelstudio eine Pediküre mit Wellness-Fußmassage. In der Lebensmittelabteilung eines Warenhauses kauft er eine Flasche Prosecco, dazu Antipasti und einen Strauß Tulpen. Er sieht, dass sie sich freut, sie küsst ihn. »Süß von dir, danke.« Sie sitzen auf dem Balkon, das Licht ist orangerot; nachdem die Sonne untergegangen ist, wickeln sie sich in Fleecedecken. Er würde gern darüber reden, über alles, aber er weiß nicht, was er sagen soll. Steffi greift nach dem Prosecco, will sich einschenken, aber die Flasche ist so gut wie leer. Sie stellt sie mit Nachdruck auf den Tisch zurück. »Typisch, du bringst Sekt mit und dann trinkst du ihn so schnell aus, dass für mich nichts übrigbleibt.«

»Mach halt noch eine auf«, sagt er, ohne sie anzusehen. Er starrt auf die Fassade gegenüber, spürt, dass ihr Blick ihn fixiert. In einem der Fenster sieht er eine alte Frau in ihrer Küche, auf einen Gehstock gestützt, trägt sie einen Teller zum Tisch, setzt sich, beginnt zu essen, vermutlich belegte Brote, sie isst mit der Hand. Er stellt sich vor, dass sie beigefarbene Gesundheitsschuhe trägt und nicht mehr in der Lage ist, den Schmutz zu sehen, der sich nach und nach in ihrem Kühlschrank festsetzt.

»Oliver, was zum Teufel soll das? Tagelang meldest du dich nicht, antwortest nicht mal auf meine Nachrichten, dann kannst du es nicht erwarten, mich zu sehen, und jetzt sitzt du hier mit so einem Gesicht und redest kein Wort.«

Ohne den Blick von der alten Frau zu lösen, greift er nach Steffis Hand, hält sie für einen Moment, wendet sich dann zu ihr und zieht sie zu sich. Küsst sie, greift nach ihrer Brust, sie wehrt sich nicht. »Komm«, sagt er, steht auf und zieht sie mit sich. Er schubst sie aufs Bett, legt sich über sie, sein Schwanz ist sofort hart, er zieht ihr die Jeans aus, küsst sie, so massiv er kann, damit sie nichts sagt, sich nicht wehrt. Dann fickt er alles in sie hinein. Danach ist es still in ihm, wie nach einem Gewitter, das sich verzogen hat, bloß ihr leises Weinen hört er, während er schon fast eingeschlafen ist. Als er aufwacht, ist es dunkel, nur aus dem Flur dringt Licht ins Zimmer. Er dreht sich nach ihr um, aber sie scheint aufgestanden zu sein. Er geht ins Bad, anschließend in die Küche, ruft nach ihr, doch sie ist fort. Er checkt sein Handy. Keine Nachricht. Als die Tür hinter ihm ins Schloss fällt, weiß er, dass er nicht wiederkommen wird. Er steckt die Hände in die Jackentasche und macht sich auf den Weg zu Conan.

Burkhard

Gib es doch zu, Alter, deine Gedanken kreisen immer um das Eine. Die nasse Muschi ist das Zentrum deiner Gedanken, der Omphalos deines Seins, um den sich die Welt dreht. Du denkst beim Einschlafen daran und beim Aufwachen und zwischendurch, wenn du dich durch den Scheißtag kämpfst. Wenn du dir eine anzündest und runtergehst zum Strand. Wenn du in dieser verfickten Tapas-Bar stehst und die Leute bedienst und die Hitze dich völlig kirre macht. Wenn du dir den zwanzigsten Espresso aus der Maschine ziehst. Koffein, du bist auf Koffein, weswegen du abends schlecht pennen kannst und die Gedanken weiter kreiseln und wirbeln wie ein verdammter Hurrikan. Von wegen Hurrikan: Hier an diesem abgefuckten Ort in Südspanien gibt's noch nicht mal ordentlichen Wind, es ist nur hot, hot, hot, und das Meer liegt still. Das Meer ist eine schmutzige alte Frau, niemand, der hier lebt, würde auch nur auf die Idee kommen, in dieser Kloake zu schwimmen. Die Touristen tun es, am liebsten frühmorgens. Schrumplige Rentner, die hier überwintern, bei denen ist es auch schon egal. Was hält dich noch, Alter, warum ziehst du nicht weiter, dorthin, wo die Titten und die Ärsche und die …

Kacke. Der Wecker. Fünfzehn Uhr dreißig. Rausgerissen.

Er tippt rasch den Satz zu Ende und steht auf, stemmt beide Hände auf den Schreibtisch, Scheißrückenschmerzen, purer Verschleiß oder schon Bandscheibenvorfall? Mal zum Arzt gehen, Alter, aber fürs Erste reicht eine verfickte Ibuprofen.

Es ist gar nicht so einfach, aus der Sprache des Romans wieder rauszukommen. Diese Du-Perspektive ist manipulativ, kann man so was wirklich über fünfhundert Seiten durchhalten, geht man den Lesern nicht unglaublich auf die Eier damit? Er geht sich selbst ja schon auf die Eier, wenn er dauernd im Jargon seines Helden denkt. Was für ein Quatsch, eine Romanfigur als Helden zu bezeichnen. Helden sind out, einerseits, siehe Conan der Barbar, wer zieht sich denn so was noch rein? Und andererseits total in. Auf seinen Wegen durch die Stadt sieht er immer wieder neue Plakate, die ihm von Tag zu Tag absurder vorkommen: Pedalhelden – okay, das hat noch was, stell dir vor, du fährst diese verfickte Fahrradrikscha und hast eine Gruppe Fettwänste, die auf den Lohrberg wollen.

Aber was ist mit einer Wortkonstruktion wie Safthelden? Bei den Safthelden bestellt er den naturtrüben Apfelsaft für die Kneipe, er holt die Kästen selbst ab, wobei die Helden das Zeug auch liefern, nur dann ist es teurer. Bei der letzten Abholung hat einer der kleinen Dutt-Fuzzis stolz auf die Erweiterung des Angebots hingewiesen: Die Safthelden liefern neuerdings zusätzlich Ökowürste, vegetarisch und mit Biofleisch, ab jetzt sind sie also auch Wursthelden, und es ist absehbar, dass im Laufe der Zeit noch das eine oder andere Produkt dazukommen wird. Kefirhelden? Hafermilchhelden?

Sein Romanheld ist kein Held, sein Romanheld ist ein Aussteiger, der eigentlich keinen Charakter hat, sein Scheißcharakter ändert sich nämlich ständig, und das kommt daher, dass er schon seit acht Jahren an dem verdammten Roman schreibt und sein eigener Charakter sich in diesen Jahren verändert hat. Bis zur Unkenntlichkeit. Aber wer kennt sich schon selbst, wer weiß denn, wer er war und ist.

Während der Drucker die letzten Seiten des Manuskripts ausspuckt, geht er pinkeln, wäscht sich die Hände, ohne in den Spiegel zu sehen. Er steckt die Blätter ein und verlässt die Wohnung. Ein paar Minuten lang sucht er sein Auto, bis ihm einfällt, dass er es stehenlassen hat, irgendwo im Nordend, um die Kneipe herum. Also zu Fuß zum Drugstore, wird ihm guttun, erst die Seckbacher runter, dann die Berger, auch hier gibt es Kneipen ohne Ende, wechseln oft den Besitzer, die Nationalität, alles. Seine hält sich seit zwanzig Jahren. Heldenhaft.

Wenn sie nachher in der Literaturgruppe wieder von Helden und von der Heldenreise anfangen, dann wird er was sagen. Es einfach in Frage stellen. Carinas Autorität in Frage stellen. Und er wird auch heute wieder mal das Thema »Dienstag« anschneiden. Mindestens hundertmal hat er darum gebeten, den Termin von Mittwoch auf Dienstag zu verlegen oder, noch besser, auf Montag, da ist Ruhetag in der Kneipe, aber nein, die Damen haben Yoga, Ballett, dies oder das, was sie unmöglich verschieben können. Alles natürlich viel wichtiger als die Tatsache, dass ausgerechnet mittwochs in der Kneipe besonders viel los ist, sogar mehr als an den Wochenenden, warum, weiß er selbst nicht genau. Heute ist auch noch der monatliche Umsonst-Abend für die Obdachlosen, das fällt ihm ein, als er schon fast am Alleenring ist. Scheiße. Eigentlich müsste er Carina anrufen und absagen. Aber er hat das Manuskript in der Tasche. Und er will zur Literaturgruppe, Heldenreise und Umsonst-Abend hin oder her. Verflucht, hundertmal hat er versucht, den Umsonst-Abend auf einen Dienstag zu legen, wenn sich die Literaturgruppe schon nicht verlegen lässt, nichts, die Obdachlosen kommen trotzdem jeden zweiten Mittwoch im Monat. Scheiße. Wenn er sich vertreten lässt, klappt das mit der Dusche oft nicht. Er hat sie extra einbauen lassen, hinter den Klos, wo auch die Waschmaschine steht, da muss man einige der Obdachlosen mit sanfter Gewalt erst mal hinschicken, bevor man ihnen Fritten, Hamburger und Bier und Härteres serviert, sonst stinken sie die ganze Kneipe voll. Das Laufpublikum, das nichts von dem Umsonst-Abend weiß, beschwert sich sowieso jedes Mal.

Er überquert den Ring, biegt in die kleinere Straße ein. Vogelkacke auf den Autos. An manchen Bäumen schon Knospen. Bleibt länger hell jetzt.

Er schließt auf. Das grüne Sofa ist leer. Dieser kleine Oliverfuzzi hat vierzig Euro neben die Kasse gelegt, wie erwartet. Warum hat er eigentlich nicht mehr berechnet, der Geldheini würde doch jeden Preis bezahlen, wäre vielleicht noch stolz drauf, für fünfzig oder sechzig Euro gesoffen und gefressen zu haben. Er steckt die Kohle in das Spendenkästchen für die Obdachlosen und rückt es so auf der Theke zurecht, dass es möglichst einladend aussieht.

Es gibt einen Teil von ihm, der den kleinen Oliverfuzzi mag. Hinter all diesem Konsumscheiß, dem Handygetippe – was macht der da eigentlich, schaut er etwa nach seinen Aktien? – verbirgt sich ein anderer, ein schlauer und womöglich gar empfindsamer Oliver. Vielleicht sollte er mal ein bisschen auf seine Gedanken aufpassen, irgendwie ist mit der Sprache seines Buchhelden auch dessen Negativität in seinen Kopf eingezogen.

»Deine Männerfiguren sind so simpel gestrickt, die stammen allesamt aus den Achtzigern«, das hat Carina damals gesagt, als er das erste Mal in der Literaturgruppe las. Vier Jahre her, sitzt immer noch tief. Na und, was ist denn dabei? Philippe Djian, richtig, der ist immer ein Vorbild gewesen, überhaupt hat er es mit französischen Autoren, wobei Carina aus seinen Texten auch Hemingway rausliest, Miller, aber nur, was das Machohafte angeht, nicht die Qualität. Carina macht es Spaß, andere zu demütigen, er sieht es ihr an, wenn sie mal wieder einen Text runtermacht. Dabei schreibt sie selbst nichts Besonderes, Krimis, purer Mainstream. Aber sie hat es geschafft und schafft es immer noch, dass irgendwelche dubiosen Kleinverlage sie veröffentlichen, das ist eben der Unterschied.

Kurz nach fünf. Offiziell ist der Drugstore schon geöffnet. Er zieht rasch noch mal den Mopp durch Flur und Lokal. Keine Schmerzen mehr, die Ibu wirkt, er kann sich sogar runterbeugen, kurz unter den Sofas und Stühlen wischen. Von den Wänden schaut ihm Arnold Schwarzenegger zu. Auch Achtziger. Manchmal regen sich irgendwelche MeToo-Weiber darüber auf. Früher musste er niemandem erklären, dass die Plakate ironisch gemeint sind, verdammt, was denn sonst? Welche Frau steht schon auf einen Barbaren, der noch dazu einen Schlangenkult – ausgerechnet Schlangen, hallo?! – befrieden und eine Prinzessin befreien soll, die gleichzeitig eine Dämonin ist, oder so was in der Art, genau weiß er es nicht, hat die Handlung des Films vergessen. Wichtig ist sowieso nur, dass draufgehauen und geschlachtet wird und der spätere Gouverneur von Kalifornien dabei keine Miene verzieht. Damals fand man es noch verrückt, dass so ein Typ Gouverneur werden kann, da ahnte man noch nicht, wie wahnwitzig, verroht und abgewrackt diese Scheißwelt noch werden würde. Darüber müsste man schreiben, wie Houellebecq, warum hat der sich eigentlich so einen verfickt komplizierten Namen zugelegt? Um die Kritiker zu ärgern? Vielleicht sollte er Plakate von Houellebecq statt von Conan aufhängen, aber Houellebecq sieht einfach scheiße aus. Und wetten, solchen Jungs wie diesem Oliverfuzzi gefällt Conan besser, vielleicht würde er es nicht zugeben, aber diese schlauen, innerlich ausgehöhlten

Finanzheinis nehmen doch Helden wieder ernst, wären wohl selbst ganz gern Conan, auch wenn sie rein äußerlich den Softie geben, geben müssen, um ficken zu können.

Seit acht Jahren ist er mit keiner Frau mehr richtig zusammen gewesen. Seit der Trennung von L. Keine Absicht, hat sich einfach so ergeben. Mit L. kein Kontakt. Ein bisschen über Facebook, aber nur einseitig. Sie sind keine »Freunde«, er ist sowieso kein Freund von Social Media, aber er hat eine Fanseite für die Kneipe. Deshalb kann er überall herumstreunen. Dem Betreiber einer Fanseite ist es nicht möglich, irgendwas zu kommentieren oder zu liken, gut für ihn, vielleicht hätte er sonst Spuren hinterlassen, die er nicht hinterlassen will.

Er wird irgendwann aus dem Leben verschwinden, ohne Spuren zu hinterlassen. Die Kneipe wird verschwinden, vollkommen egal. Früher ist die Kneipe eine Apotheke gewesen, und nachher wird sie was anderes sein, vielleicht sogar zur Wohnung umgebaut werden, hier im Nordend wird doch alles Mögliche zur Großwohnung umgebaut, zur Megawohnung für die Reichen, die herziehen und ihre Scheißriesenwohnungen dann per Airbnb weitervermieten, während sie in der Welt herumreisen und glauben, es wäre völlig in

Ordnung so: Allein in fünf Riesenzimmern und auch noch Geld rausschlagen, super. Ein paar Mal hat er versucht, darüber zu schreiben, aber es hat nicht funktioniert, ist immer gleich zum Pamphlet geworden.

Zu scheißvollgestellt ist die Kneipe, zu viele Lampen und Sofas und Sessel, sogar ein alter Zahnarztstuhl, er müsste mal wieder entrümpeln, man kommt nicht mehr durch beim Putzen. »Warum umgibst du dich nur mit Sperrmüll?«, hat L. ihn gefragt. »Warum nicht mit etwas Schönem und mit Leuten, die dir guttun, statt dich auszunutzen? Deine Hilfsbereitschaft ist nur die Hilfe, die du dir selbst verweigerst«, nein, das stammt gar nicht von L., sie hat diese Art Selbsthilfegequatsche nicht draufgehabt, das ist nicht mehr O-Ton, ihre Stimme ist überlagert von all den anderen Stimmen der Frauen, mit denen er es nachher versucht hat.

L. hat nur einfach aufgehört, ihn zu lieben. Und ihm deshalb empfohlen, mal eine Therapie zu machen. Weil er sie immer noch geliebt und an ihr festgehalten hat. »Lass dir helfen, du hilfst anderen schon genug.« Wenn er anderen nicht hätte helfen können in dieser Zeit, dann wäre er durchgedreht, wäre wie Conan der Barbar ausgezogen, um vordergründig irgendeine Fantasyprinzessin aus einer Schlangengrube zu retten und in Wirklichkeit einfach nur tüchtig draufzuhauen. Was wäre, wenn Conan der Barbar auch ein Helfersyndrom hätte? Wäre das lustig?

Carina hat ihm geraten, es mal mit einem ironischen, heiteren Männerroman zu versuchen, ich wette, du hast genug Anschauungsmaterial in deiner Kneipe. Lad-Lit, so nennt man das heute. Im Gegensatz zu Chick-Lit. Alles getrennt, heutzutage, alles hellblau und rosa. Also hat er ein paar dieser Lad-Lit-Romane gelesen. Pures Geschwätz. Was soll daran lustig oder auch nur ironisch sein? Und warum überhaupt sollen Männerromane jetzt auf einmal lustig sein? Houellebecq hat seine komischen Momente, und die sind grandios. Der kann auch über so profillose Typen wie diesen Oliverfuzzi schreiben, über Jungs, die so ausgehöhlt, so konsumzerfressen sind, dass sie einem leidtun können, zum Weinen leid.

Wer schreibt, der bleibt. Von ihm wird nichts bleiben. Vor seinem Tod, vorausgesetzt, er ist noch klar genug in der Birne, wird er alle Manuskripte verbrennen.

Und selbst wenn er bis dahin doch noch etwas Vorzeigbares veröffentlicht hätte, welche Halbwertszeit hat denn so ein Buch? *Ein Buch muss die Axt sein für das gefrorene Meer in uns*, warum fällt ihm denn jetzt dieses Kafkazitat ein, längst überholt, kompletter Blödsinn, wenn man bedenkt, wie haltbar diese Scheißäxte sind und das Ganze in Bezug zur Klimaerwärmung setzt. Alles schmilzt dahin, auch die Polkappen, und wer ist denn heute noch innerlich gefroren? Wer was auf sich hält, ist ausgebrannt, der Rest lauwarm. Ein Buch ist ein Relikt, in ein veralgtes, vermülltes Meer geworfen, es wird absaufen, verschwinden, während die letzten Buch-Bloggerinnen noch Kafkazitate ins Internet blubbern.

Er ist neunundfünfzig jetzt, selbst ein Relikt, nächstes Jahr ist sein Sechzigster. Oder wäre sein Sechzigster, wer sagt denn, dass er den erlebt. Warum glaubt er eigentlich, nicht mehr lange zu leben? Wenn er ehrlich ist, glaubt er das schon eine ganze Weile, aber es geht trotzdem immer weiter. Vielleicht muss er mal darüber schreiben, eine neue, coole, erfolgsträchtige Variante der Lad-Lit, schießt garantiert in den Charts gleich nach oben: Der Neunundfünfzigjährige, der verschwand, ohne aus einem verfickten Fenster zu steigen. Der Neunundfünfzigjährige, der aus dem Parterrefenster sprang. Vielleicht sollte er diese Titel nachher in der Literaturgruppe mal in die Runde werfen. Sich noch mehr davon ausdenken. Außerdem könnte er vorschlagen, dass sie sich für die nächste Lesung in der Stadtteilbücherei umbenennen könnten. In Literaturhelden. Dann könnten sie sich die Getränke von den Safthelden liefern lassen, die Brezeln von den Brezelhelden, sie würden ihre verkackten Heldengeschichten vorlesen, und auch die Zuschauer wären Helden, weil sie sich eine solche Veranstaltung antun. Die Zuhörer und Leser sind doch überhaupt die wahren Helden.

So, halb sechs. Die Fahrradkurierin ist pünktlich, zum Glück. Kurierin, ist das überhaupt die korrekte Bezeichnung, oder lieber Kureuse? Haha, Machomacho. Er gibt den Gentleman und hebt die Gefrierbox vom Lastenrad. Fünfzig Rindswürste, wird nicht lange reichen, vor allem, weil heute Umsonst-Tag ist. Verdammt hübsch, die kleine schlanke Studentin mit ihren roten Wangen. War L. eigentlich hübsch? Er besitzt keine alten Bilder mehr von ihr, hat nach der Trennung alle weggeschmissen. L. ist ein Körper gewesen, etwas Warmes, L. ist jemand gewesen, zu dem er nach Hause kam. Haben sie sich abends beim Einschlafen wirklich kleine Geschichten ausgedacht? Oder denkt er sich jetzt nur aus, dass sie sich kleine Geschichten ausgedacht haben? Ihre Schulgeschichten ertrug er mit der Zeit immer weniger, er weiß noch genau, wie ihn das genervt hat: Klassenfahrten, Problemschüler, Bürokratie. Irgendwann hat er ihr gesagt, sie solle einfach mal die Fresse halten. Okay, Alter, war ein Fehler.

L. engagiert sich jetzt in irgendwelchen Lehrerforen, lebt wahrscheinlich mit einem Lehrer zusammen. L. ist ein Jahr jünger als er, also achtundfünfzig. Auf dem einzigen offiziellen Bild sieht sie halbwegs passabel aus. Wahrscheinlich geschönt. Wer ist L.? Wer ist er? Wer waren sie zur Zeit ihrer Liebe, die immerhin acht Jahre gedauert hat? Acht Jahre Liebe und acht Jahre nichts, macht sechzehn. Was wäre, wenn L. ihn aus heiterem Himmel anriefe oder in seine Kneipe käme und ihm vorschlagen würde, sie sollten wieder zusammenkommen? Würde er eine Achtundfünfzigjährige ficken?

Du fickst niemanden mehr. Das ist es ja, du stehst jeden Tag in dieser Tapas-Muschi-Bar deines Romans und starrst die zwanzigjährigen Mädels an und weißt, dass du nie mehr ficken wirst. Er hat Spanien als Schauplatz gewählt, weil er mit L. immer nur an die schottische Küste gefahren ist. Oder ins schottische Hinterland. »Ja, Highlands, *Highlander*, auch ein guter Film, lieber Conan«, hat L. gesagt und gelacht. Reine Ironie, L. hat das schon verstanden, hat mehr ein Problem mit seiner Weichheit gehabt. Weichheit in allen möglichen Facetten: »Du hilfst allen, du bringst es nicht, trink doch mal weniger, ich brauch es hart.« Hart wie ein Sommer in Schottland. Wenn er so etwas schreiben würde. Du liebe, liebe Güte.

Prostataprobleme schon mit Mitte vierzig,

nachts fünf Mal aufgestanden, beim Zelten lästig, vor allem in Schottland, er hat es zuerst für eine Blasenentzündung gehalten.

18 Uhr, noch kein Obdachloser hat sich blicken lassen. Nur ein paar Capputrinker, eine italienische Vorspeisenplatte geht weg, er bekommt sie fertig geliefert, besteht wahrscheinlich nur aus Konservierungsstoffen. Endlich, Ray und Muriel laufen ein, er muss sie auf die Obdachlosen einstimmen. Eigentlich Rainer und Marion. Er selbst hat sie umgetauft und kurzzeitig in seinem Roman untergebracht, dann wieder rausgeworfen, zu langweilig. Meint Carina. »Was wollen diese Figuren denn, was treibt sie um, was für geheime Ängste haben sie? Interessant oder cool klingende Namen reichen da nicht.« Er weiß nicht, was Rainer und Marion für geheime Ängste haben. Sie sind seit hundert Jahren ein Paar und wohnen zusammen in einer Nordendwohnung, deren Miete nie erhöht worden ist, und manchmal nutzen sie seine Kneipe für ihren Spieleabend mit Freunden. Doppelkopf oder ein Würfelspiel, dann nervt das Geklacker der Würfel und das Geklirre der Gläser, wenn sie den Würfelbecher auf den Tisch krachen lassen. Die ganze Spielrunde wirkt schon von weitem unerträglich dumpf, die Freunde so abgestanden und muffig wie Rainer und Marion selbst. Im Roman

hat er die Spieleabende in eine Privatwohnung verlegt und zu Gruppensexabenden umfunktioniert, die ihm jedes Mal komplett unerotisch geraten sind. Also wieder raus aus dem Roman. Was die beiden beruflich machen, vergisst er ständig, Bank, Versicherung, Bezirkskrankenkasse? Egal. In ihrer Freizeit helfen sie in der Kneipe aus, das ist die Hauptsache. Rasch instruiert er Rainer wegen der Dusche, weist ihn an, bei Ärger jeden Schlichtungsversuch an Carlos zu delegieren, der wird unter seinen Obdachlosen-Kumpels für Ordnung sorgen. Carlos ist früher ein Nachbar gewesen. Jetzt hält er sich irgendwie auf der Straße, ohne seine Würde zu verlieren, er kommt durch, verreckt nicht, liest sogar noch Zeitung, fischt die Rundschau und die FAZ aus Papierkörben, so wie er auch die leeren Flaschen rausfischt und bei Penny abgibt. Carlos bleibt seiner alten Nachbarschaft treu. Solche Fuzzis wie dieser Oliver mit ihren Scheißgroßwohnungen, die sie per Airbnb an andere Fuzzis vermieten, sind schuld, wenn jemand wie Carlos, der früher eine Druckerei hatte, obdachlos wird. Quatsch, dieser Oliverfuzzi hat doch nur die zwei Altbauzimmer über der Kneipe, okay, wirst auch noch dement, Alter.

Raus durch den Flur, die Klos stinken wieder, egal, für heute muss es noch gehen, und morgen, wenn sie richtig versifft sein werden, muss Conan ran, der zärtliche, kloputzende Barbar. Der zärtliche Barbar, ein Titel für seinen Roman? Er spricht ihn rasch aufs Handy, während er sein Auto sucht, er muss jetzt alles immer sofort aufnehmen oder aufschreiben, sonst vergisst er es, zumindest, was Ideen angeht. Bestellungen und Beträge behält er, und im Kopfrechnen ist er besser als jeder verblödete Jugendliche, aber sein Scheißauto, das findet er mal wieder nirgends. Wo hat er es stehenlassen, gegenüber vom Biomarkt? Da, wo die ganzen beschissenen SUVs illegal parken, damit die reichen Fotzen ihren Biofraß gleich in den Kofferraum laden können, Sojamilch, Quinoa-Brot und Flohsamenschalen, für mich nur das Beste. Und jemand wie Carlos bekommt nur Abfälle.

Das Auto steht in einer anderen Seitenstraße, als er vermutet hat. Muss ziemlich besoffen gewesen sein, gestern. Hinter dem Wischer ein Strafzettel, zwanzig Euronen. Wenn er in der Literaturgruppe solche Wörter verwendet, schütteln die anderen den Kopf. Euronen, so was ist typisch für jemanden, der nicht über Sprache nachdenkt, null über Sprache nachdenkt, deshalb denkt und sagt er es extra: Euronen und null über was nachdenken. Nicht jeder Autor muss über Sprache nachdenken, was hat denn Houellebecq für eine Sprache, oder

T.C. Boyle? Auf Sprache kommt es weniger an, viel mehr auf Inhalte. Und was, bitte, hast du für einen Inhalt? Nasse Muschis?

Ausparken, die Eckenheimer hoch, zur Auffahrt Miquelallee und dann auf die Autobahn nach Höchst. Ausgerechnet dieser verkommene Stadtteil. Literarisch inspirierend, so nennen es einige in der Gruppe. Blödsinn, Carina wohnt einfach dort, was soll daran inspirierend sein. Diese Literaturmösen gehen ihm manchmal ziemlich auf den Sack. Es tut so gut, Möse und Sack zu denken und dabei hundertsechzig zu fahren und sich vorzustellen, wie sich die Mösen darüber aufregen würden, geradezu aufmösen, es treibt ihn zum Lachen, hysterisch, er wird noch hysterisch, los, zünd dir eine an, hier im Auto, warum denn nicht rauchen? Mit zunehmendem Alter achtet man auf die Gesundheit, Scheiße, nutzt doch nichts mehr, warum regen sich die Mösen eigentlich auf, wenn man sie Mösen nennt, Mösen und Muschis, er selbst hätte nichts dagegen, wenn die Frauen die Männer Schwänze nennen würden. Kein Schwanz kümmert sich darum, sagt man doch sowieso, kein Schwanz kümmert sich um mich. Auf einmal diese Enge im Hals, warum ist ihm denn jetzt zum Heulen? Im Alter heult man leichter. Dabei ist doch nichts, ein ganz normaler Tag heute, er ist sogar mit dem Schreiben vorangekommen. Er ist nicht allein, er hat seine Gäste, manche sind fast Freunde geworden, er geht in die Literaturgruppe und zum Boulespielen und sieht seine Schwester und seine Neffen regelmäßig. Er hat Familie. Family nennt man das heute, und die Kinder Kids. Seine Schwester ist fünf Jahre jünger als er, und ihre Kids sind schon Jugendliche, der Kleinste sechzehn, aber auch der Vierundzwanzigjährige wohnt noch zu Hause. Ein erwachsener Mann, kein Jugendlicher. Alles verschiebt sich heutzutage, sechzig ist das neue Vierzig, was für eine verlogene Best-Ager-Scheißwelt, nur die Kohle zählt.

Mit dem Auto durch die Höchster Altstadt, eine schöne Altstadt, direkt am Main, gleich beim Standesamt der große Parkplatz, manchmal sieht er dort Brautpaare. Hochzeitspaare. Warum heißt es Brautpaar und nicht Bräutigampaar, Männerdiskriminierung, sollte er den Mösen mal erzählen. Heute nirgendwo ein Brautpaar, zum Glück. Houellebecq hat auch gerade geheiratet, soll sogar auf seiner Hochzeit Karaoke gesungen haben, diese Scheißhochzeitsevents gehen ihm auf den Sack. Carinas Klingelschild, der Summer, Parfümgeruch im Flur. Die Mösen sitzen schon im Kreis, ein Mösenkreis, und ihre Obermöse am Kopfende des Tisches. Oder am unteren Ende, wer definiert das denn?

Er ist der einzige Mann, seit Martin weg ist.

Martin, der Historiker mit dem Fantasyroman, der nie fertig geworden ist. Der Krebs war schneller. Martin ist jünger gewesen als er. Seitdem hat er Angst.

Er lässt sich auf den Stuhl fallen, wie immer neben Carina am Kopf- oder Mösenende des Tisches. Wäre Carina fickbar für ihn, wenn er sich trauen würde? Seit der OP vor vier Jahren traut er sich nicht, es auszuprobieren, wichsen geht noch, aber nur ab und zu, und manchmal versandet ihm einfach die Lust. Carina ist Mitte vierzig, eigentlich schon zu alt, Houellebecq beschreibt diese Ü40-Mösen als trocken, mit hängenden Schamlippen, man muss sich ja ekeln, wenn man das liest. Wie war das bei L., sie waren ja beide über vierzig am Schluss, aber da schliefen sie sowieso kaum noch miteinander, L. hatte keine Lust mehr auf ihn. Zu weich. Würde Carina denn Lust haben auf ihn, auf einen, der sich hart gibt, aber weich ist, der in Diskussionen gern provoziert, aber dann rasch einlenkt, was, wenn Carina ihm einen blasen würde? Manchmal hat er sich das schon vorgestellt, sie hat einen schönen Mund, einen kleinen Mund, würde sein Schwanz da überhaupt reinpassen, sein Barbarenschwanz, in dieser Hinsicht ähnelt er Conan tatsächlich ein bisschen, na ja, ungefähr, was weiß er denn von Schwarzeneggers Schwanz, aber seiner hat manchen Frauen gefallen. L. war

Größe egal, behauptete sie jedenfalls, was denkt er denn da, mitten in einer Diskussion über Literatur und die Heldenreise und diesen ganzen Quatsch, egal, meist bekommt er davon noch nicht mal den Ansatz eines Ständers. Bei ihm war es kein Krebs, die OP gründlich, aber ungefährlich, eine operative Prostataverkleinerung. Mehr nicht. Ein paar Testosteronspritzen, Viagra wurde empfohlen für den Anfang, aber da tröpfelte es noch in die Unterhose, er musste Windeleinlagen tragen. Undenkbar, sich so einer Frau zu nähern.

Liebe würde helfen. Dieser Gedanke scheint nicht aus dem Hirn zu kommen, sondern von irgendwo unten, aus dem tiefsten Chakra, würden die Yogamösen sagen. Mehr als ein Gedanke, ein Gefühl, es kriecht seinen Rücken hoch, Wirbel für Wirbel, windet sich aufwärts, unerträglich, die Wirkung der Ibu lässt nach, jeder Wirbel brennt und schmerzt. Sieben Chakren und dann Erleuchtung. Ein kosmischer Orgasmus. Er muss sich am Tisch festhalten, um nicht durch die Decke zu gehen. Was denn los sei, er hört Carinas Stimme, etwas besorgt, spürt die Besorgnis der anderen Mösen. Mösenbesorgnis. Besorgte Mösen, die ihn versorgen, es ihm besorgen wollen, was für eine schöne Vorstellung, lauter liebevolle Vaginas, die um ihn herumwimmeln, Schamlippen, die Schamloses von sich geben, er sollte ein Gedicht daraus machen, aber er schafft es nicht, nach dem Bleistift zu greifen, um die Idee zu notieren, so sehr durchflutet ihn der Liebessatz, Liebesschmerz, Liebe würde helfen, ich brauche Liebe, brauche Liebe, er presst die Lippen zusammen, um es nicht auszusprechen, schüttelt nur den Kopf und nickt gleich darauf, es geht ihm gut.

»Wie wäre es, wenn du heute als Erster lesen würdest, Burkhard?«

Wieder nickt er, räuspert sich, für Momente lässt der Schmerz nach. Die Blätter seines Manuskripts sind verknickt, das richtige Blatt liegt nicht obenauf. Egal. Was er lesen will, steht ohnehin nicht auf dem Papier.

»Ich habe einen neuen Roman angefangen. *Der zärtliche Barbar*.«

Er hört, wie seine Stimme zittert, spürt den Schmerz beim Sprechen, aber alles geht in der Mösenaufregung unter: »Oh, wie toll, Burkhard, ein guter Titel, jetzt sind wir aber gespannt!«

Er beugt sich über das Blatt und liest, was dort nicht steht:

Dass sie ihn einfach nicht mehr lieben konnte, darüber ist er nie hinweggekommen.

Dann frisst ihn der Schmerz, und der Raum verschwimmt.

Almut

Sie müssen intervenieren!«, ruft Frau Renz, noch bevor die Praxistür ins Schloss gefallen ist. »Das ist Freiheitsberaubung!«

Almut geht nicht darauf ein. Sie steht in der geöffneten Tür des Behandlungszimmers und hält Frau Renz zum Gruß die Hand entgegen, nickt nur knapp, um ihr unmissverständlich klarzumachen, dass die Sitzung erst beginnt, wenn die Tür geschlossen ist und alle Beteiligten Platz genommen haben. Doch Frau Renz gehört nicht zu den Menschen, die derlei Regeln einfach hinnehmen. Schon bei ihrem vollkommen aufgelösten Anruf am Morgen hatte sie kaum akzeptieren wollen, dass Almut derlei Anliegen nicht am Telefon bespricht. Dass die halbe Stunde, die Almut ihr in der Mittagspause eingeräumt hat, ein Zugeständnis ist, scheint sie nicht zu bemerken.

»Das Kind wird gegen meinen Willen dort festgehalten, man hat mich einfach abgewiesen, das lasse ich mir nicht gefallen!«

»Würden Sie bitte Platz nehmen, Frau Renz?« Almut weist auf den Patientensessel.

»Ich habe als Mutter doch ein Recht, über mein Kind zu bestimmen! Ich will, dass Sie etwas unternehmen, Frau, ähm, holen Sie sie gefälligst da raus. Das ist eine Unverschämtheit, was da läuft, richterliche Verfügung, hat der Oberarzt gesagt, das ist doch ein Unding!«

Almut wartet einen Moment, um sicherzugehen, dass Frau Renz nicht nur Luft holt, sondern wirklich fertig ist mit ihrer Tirade. »Ich muss zunächst einmal ihre Annahme korrigieren, Frau Renz. Es liegt keineswegs im Ermessen einer Mutter, über einen solchen Klinikaufenthalt zu bestimmen. Wenn eine lebensbedrohliche Indikation vorliegt, wird ausschließlich im Interesse der Patientin gehandelt, notfalls mithilfe einer Amtsvormundschaft. Aber ich bezweifle, dass das in diesem Fall notwendig ist.«

»Also erlauben Sie mal, ich als Mutter weiß doch wohl am besten, was im Interesse meiner Tochter ist.«

»Darf ich fragen, wie Océane in die Klinik gekommen ist?«

Erwartungsgemäß irritiert Frau Renz diese Frage, Almut erkennt es an dem störrischen Schulterzucken, das ihre Antwort begleitet. »Ja mit dem Bus, nehme ich an.«

»Sie ist also allein dorthingefahren?« Almut muss das Entsetzen kaschieren, das sie überfällt, wenn sie sich das vollkommen unterernährte Mädchen allein auf ihrem Weg durch die Stadt vorstellt.

Von Frau Renz kommt wieder nur ein Schulterzucken.

»Wäre es da nicht naheliegend, dass Océane die Entscheidung, dorthinzugehen, auch allein gefällt hat?«

»Was wollen Sie damit sagen?«, entgegnet Frau Renz und nimmt ihre Handtasche auf den Schoß, als wolle sie aufstehen.

»Ich will damit sagen, dass …«

»Hat sie das etwa mit Ihnen besprochen?«

»Frau Renz, Sie wissen, dass ich Ihnen keine Auskunft geben darf.«

»Fangen Sie jetzt auch schon so an?« Nun springt Frau Renz tatsächlich auf.

»Ich würde es begrüßen, wenn Sie sich noch einen Moment setzen würden.« Sie macht eine einladende Geste zum Sessel, doch Frau Renz ist vollkommen in Rage.

»Das ist ja wirklich das Allerletzte! Sie werden dafür bezahlt, Océane zu helfen, statt ihr zu schaden.«

»Es ist in der Tat meine Aufgabe, Océane zu helfen. Auch wenn die dazu notwendigen Maßnahmen nicht Ihren Vorstellungen entsprechen, Frau Renz.«

»Das lasse ich mir nicht bieten!« Frau Renz greift nach ihrem Mantel und steuert auf die Tür zu. Ihre Wut ist fast hörbar, wie ein Ton. Die Glasfüllungen! Plötzlich sieht Almut wieder den Patienten vor sich, der vor Jahren, beim Zuknallen der Tür, eine der Scheiben zerstört hat. Wunderschöne alte Jugendstilfüllungen aus geschliffenem Milchglas, die kaum nachzuarbeiten sind, es hat sie viel Mühe gekostet, die Scheibe stilgerecht erneuern zu lassen, der Patient hatte keine Versicherung, und sie ist auf den Kosten sitzen geblieben. Almut springt auf. »Stopp!«

Es funktioniert tatsächlich. Frau Renz hält inne und dreht sich um. Mit wenigen Schritten ist Almut bei ihr, bietet ihr die Hand zum Abschied, umfasst mit der linken die Türklinke und öffnet die Tür. Geschafft. »Auf Wiedersehen, Frau Renz.« Zumindest die Scheiben hat sie vor dieser Frau gerettet. Die verblüffte Frau Renz sieht auf die dargebotene Hand, ohne sie zu ergreifen, und rauscht aus dem Zimmer. Behutsam schließt Almut die Tür, hört die energischen Schritte im Gang. Der Versuch, die Praxistür zuzuknallen scheitert am automatischen Türschließer. Almut atmet tief durch.

Sie hört, wie auch die Haustür ins Schloss fällt, lauscht einen Moment in die Stille, tritt dann in den Korridor hinaus. Ihr ist danach, sofort zu

Heiner zu gehen und ihre Erregung bei ihm abzuladen, eine Möglichkeit, die sie für Notfälle vereinbart haben, doch die Tür zu Heiners Behandlungszimmer steht offen, vermutlich nutzt er die Mittagspause, die Almut dieser Frau Renz geopfert hat, für einen Spaziergang. Almut geht in die kleine Küche und steckt eine Kaffeekapsel in die Maschine. Mit lautem Surren läuft der Kaffee ins Glas. Sie überlegt, ob sie das Gespräch hätte ablehnen sollen, vielleicht sogar ablehnen müssen.

Sie schließt die Augen, atmet tief ein und aus, konzentriert sich auf die Bodenhaftung ihrer Füße. Stellt sich vor, wie Frau Renz und das Gespräch sich allmählich von ihr entfernen, immer weiter, bis es sie nicht mehr tangiert. Eine simple, aber erfolgreiche Technik, die sie immer dann anwendet, wenn ein Gespräch sie nicht loslassen will.

Mit dem Kaffee und einem Keks kehrt Almut in ihr Sprechzimmer zurück, stellt sich ans Fenster, sieht auf die Straße hinaus. Hin und wieder dringen Sonnenstrahlen durch die noch kahlen Bäume, erste Knospen sind zu sehen. Die Praxis liegt in einer sehr guten Gegend, die Miete ist dennoch bezahlbar, denn mittlerweile ist es fast zwanzig Jahre her, dass Heiner und sie die Räume angemietet haben. Zwanzig Jahre. Ein warmes, sattes Gefühl nimmt sie ein, und sie spürt sich unwillkürlich lächeln. Sie erinnert sich noch gut an die Zeit, in der sie die Praxis gegründet haben, an ihren Optimismus und Heiners anfängliche Vorbehalte, an die kleinen und großen Hürden, die sie gemeinsam genommen haben. Von den Kindern abgesehen gibt es nichts in ihrem Leben, wofür sie so dankbar ist wie für Heiner. Na, bei euch ist das ja auch selbstverständlich, hört sie andere oft sagen, als wäre eine Zusatzausbildung zum Paartherapeutin ein Garant für das Gelingen der eigenen Ehe. Ein dämliches Klischee. Almut kennt genug Gegenbeispiele, erstklassige Kollegen, die sich privat zerfleischt haben, während sie gleichzeitig Dutzende von Paaren erfolgreich therapiert und sogar Ratgeber zum Thema geschrieben haben. Je älter sie wird, je älter sie beide werden, desto dankbarer und demütiger wird sie, und desto glücklicher. So ganz genau weiß sie immer noch nicht, worauf es ankommt, trotz der jahrzehntelangen Erfahrung als Analytikerin. Vielleicht aufs Durchhalten. Sie hat damals durchgehalten, als Heiner sich auf einem Kongress in eine jüngere Kollegin verliebt hatte, auch das ein blödes Klischee, aber wenn man mittendrin steckt und die Kinder noch klein sind, hat es so gar nichts Klischeehaftes. Und als sie vor dreieinhalb Jahren krank wurde und eine Brust entfernt werden musste, da hat Heiner durchgehalten, obwohl ihre Brüste ihm so viel bedeutet haben, nicht nur in der Sexualität. Oft hat er sie beim Einschlafen umfasst, auch später noch, als sie weich geworden waren und zu welken begonnen hatten, es war eine so vertraute Geste gewesen, als hielte er ihre Hand.

Es klingelt. Sie schaut auf die Uhr, zu früh für die nächste Patientin, vielleicht der Paketbote. Sie drückt den Summer, öffnet die Praxistür. Es ist Heiner, er trägt eine Brötchentüte in der Hand.

»Zu dumm«, sagt er, »ich habe den Schlüssel vergessen.«

»Macht nichts. Bin gerade allein, mein Notfall ist früher gegangen.«

»Ich habe dir ein Sandwich mitgebracht, ich dachte, du kommst sicher nicht raus.«

Sie lächelt, schaut in die Tüte, eine Laugenstange mit Käse und Kresse. »O danke, genau das, was ich brauche. Ich hab tatsächlich nichts gegessen.« Sie küsst ihn und streicht ihm über die Wange, eine Geste, die, wie alle Zärtlichkeiten in der Praxis, verpönt ist, hier begegnen sie sich ausschließlich professionell und sachlich, aber heute ist ihr danach, und es ist ja kein Patient anwesend.

»Wir könnten heute Abend schön essen gehen«, sagt Heiner, »was meinst du? Wie lange hast du zu tun?«

»Ja, gern, großartig. Mein letzter Patient hat abgesagt, aber ich muss noch zwei Anträge fertig machen. Wir könnten um sieben in die Trattoria gehen.«

»Gut. Ich bestelle einen Tisch.« Damit geht er auf sein Zimmer zu, hält dann inne. »Ach, Lena hat übrigens gefragt, ob wir am Wochenende da sind, sie würde gern kommen. Mit Patrick.« Er schaut etwas hilflos.

Almut hebt die Schultern. »Sie können gern kommen, aber wir sind eben nicht da.«

»Wir könnten doch …«

»O nein, Heiner, dafür habe ich nicht alle Patienten verlegt und mich gefreut wie ein Schneekönig. Ich will Ski fahren.«

»Dann sag du ihr das bitte.«

Statt einer Antwort seufzt sie kopfschüttelnd. Heiner ist außerstande, seiner Tochter irgendetwas abzuschlagen, aber dieses Wochenende ist nicht verhandelbar. Daran wird auch Lena sich gewöhnen müssen. Dass sie jetzt einfach ein bisschen leben wollen, gemeinsam und auf der sonnigen Seite. Wie schnell das Leben vorbei sein kann, das hat sie zu spüren bekommen. Das Häuschen im Allgäu haben sie gekauft, nachdem Almut für gesund erklärt worden war. Fünf Jahre müsse sie nun durchhalten, hat die Ärztin gesagt, dann können wir davon ausgehen, dass der Krebs tatsächlich besiegt ist. Und wenn es nur ein Jahr ist, hat Almut hinterher zu Heiner gesagt, dann will ich in diesem Jahr wenigstens Freude am Leben gehabt haben. Bald danach war die Mutter eines befreundeten Kollegen gestorben, und ihr Haus stand zum Verkauf. Früher waren sie oft zum Skifahren im Allgäu gewesen, und als die Kinder noch klein waren, hatten sie dort Ferien auf dem Bauernhof gemacht. Sie haben das Haus besichtigt, ein richtig altes Holzhaus in einer Traumlage, nur die Ausstattung war grauenhaft gewesen. »Ihr könnt es lukrativ an Feriengäste vermieten, das ist eine sehr gute Geldanlage«, hatte der Kollege erklärt. Aber Almut hatte den Kopf geschüttelt. »O nein, das richten wir uns her, nur für uns allein.«

»Das ist Wahnsinn, Almut, da gehen unsere ganzen Ersparnisse drauf«, hatte Heiner am Abend gesagt. »Allein das Badezimmer wird Zigtausende verschlingen.«

»Ja, das wird es. Aber vielleicht bin ich in zwei Jahren tot, dann bin ich wenigstens solange an einem Lieblingsort mit dir glücklich gewesen.«

Heiner hatte sie nur stumm angesehen, doch es war klar, welche Gedanken durch seinen Kopf gingen.

Seither verbringen sie so viel Zeit wie möglich dort, genießen Ruhe und Natur und ein schickes Badezimmer, freuen sich im Sommer an langen Spaziergängen und milden Abenden auf der Terrasse mit Blick auf die Alpen, fahren im Winter

Ski und sind tatsächlich glücklich. Heiner schreibt endlich an seinem Fachbuch über Freud, Almut liest viel und macht Ausflüge mit dem Fahrrad. »Kerngesund«, hat die Ärztin beim letzten Check-up strahlend verkündet. »Machen Sie einfach weiter so.«

Es klingelt. Dieses Mal ist es ihr Patient, ein kleiner, etwas übergewichtiger und irgendwie fettig wirkender Mann Ende dreißig, der an seiner Beziehungslosigkeit verzweifelt. Wie fast alle der Dienstagspatienten ist er seit Jahren vergeblich auf Partnerportalen unterwegs, Parship, Elitepartner, die Jüngeren auf Tinder, weshalb sie den Dienstag auch den Portaltag nennt. Zwei Frauen am Morgen, zwei Männer und eine Frau am Nachmittag, alle vollkommen unterschiedlich und doch alle mehr oder weniger auf die gleiche Weise leidend. Seit geraumer Zeit steigt deren Zahl stetig, immer verzweifelter werden potenzielle Partner wie Ware gesichtet, für eine Weile probiert, schlussendlich für schlecht befunden und wieder abgelegt, in der euphorischen Hoffnung, der Nächste werde endlich der Passende sein. Seit wann läuft das so? Zu Anfang ihrer Tätigkeit als Therapeutin hatte es gelegentlich Patienten gegeben, die ihre Partner über eine Zeitungsannonce kennengelernt hatten, ein Umstand, der meist schamhaft verschwiegen, aber selten zum Problem wurde. Erst die Unverbindlichkeit im Internet hat zu einer Inflation geführt, die nun immer mehr Raum in ihrem Sprechzimmer einnimmt. Die Gespräche über verkorkste Dates und beendete Pseudobeziehungen beanspruchen dermaßen viel Zeit, dass sie mit manchen Patienten kaum mehr zum Wesentlichen kommt.

Sie schaut ins Wartezimmer und ruft den Patienten herein. Er nimmt ihr gegenüber auf dem Sessel Platz. Einige Männer weigern sich strikt, sich auf die Couch zu legen, als wäre das Liegen auf der Couch ein Eingeständnis tatsächlicher Verrücktheit. Dieses Mal erzählt er zunächst von einem Kollegen im Bauamt, mit dem er aneinandergeraten ist, dann von einem Date, das er dieser Tage gehabt hat, mit einer Frau Anfang dreißig, geschieden, früher sei sie Stewardess gewesen, nun arbeite sie ihrer Kinder wegen beim Bodenpersonal, er spricht es aus, als handle es sich um einen Reinigungsjob. Wie alle seine Dates ist auch diese Frau zu alt, zu hässlich, zu dick, zu fordernd, zu zickig, zu dominant, zu aggressiv, zu ernst, zu irgendwas. Seit Jahren geht das so, mit sturer Verbissenheit hält er daran fest, dass keine gut genug für ihn sei, und Almut kommt nur millimeterweise mit ihm voran. Es wird weitere Jahre brauchen, bis er in der Lage ist, sich seine tiefe Angst vor einer echten Bindung einzugestehen, denn solange die Partnerportale ihm täglich neue, junge und unwiderstehlich hübsche Frauen präsentieren, werden nicht nur seine Ansprüche, sondern mit jedem Date auch seine Wut auf die Frauen ins Unermessliche wachsen. Almut hofft insgeheim auf ein Ereignis, das ihn aus der Bahn werfen und seine Selbstkritik in Gang setzen wird.

Nachdem er gegangen ist, lüftet sie das Sprechzimmer und bereitet sich eine Tasse Tee. Sie freut sich auf den Abend im Restaurant. Sie wird einen Salat nehmen und hausgemachte Pasta oder einen schönen Fisch, und inzwischen sind die Gedanken an Frau Renz und ihre Tochter Océane so fern, dass sie mit Heiner gar nicht mehr darüber sprechen mag. Viel lieber will sie über das kommende Wochenende reden, über die Reise in die Toskana, die sie im Frühling unternehmen wollen, oder über ihren Geburtstag in drei Wochen, zu dem sie ein paar Freunde einladen möchte. Sie spürt eine unbändige Lust, all das zu planen und sich zu freuen, freuen, freuen, über das Leben und alles, was es ihr zu geben hat.

Sie ruft die nächste Patientin herein, Lydia, eine hagere Endfünfzigerin, Lehrerin, ledig und kinderlos. Almut muss ihr Erschrecken verbergen, als sie Lydias neue Frisur sieht, ein nüchterner und wenig vorteilhafter Kurzhaarschnitt, der das bereits graue Haar wie einen Helm aussehen lässt.

Als wollte sie in den Krieg ziehen, denkt Almut und reicht ihr die Hand. Seit der letzten Sitzung hat Lydia zwei neue Parship-Dates hinter sich gebracht, erfolglos, einer der Männer hat sie gleich nach dem Eintreffen im Restaurant sitzenlassen, mit dem Hinweis, sie sei nicht sein Typ. Sie wisse gar nicht, ob er ihr Typ gewesen sei, aber getroffen habe sie diese Zurückweisung dennoch sehr. Was denn ihr Typ sei, fragt Almut, und Lydia beginnt wieder überschwänglich von Gerhard zu erzählen, einem verheirateten und nach Almuts Einschätzung ziemlich narzisstischen Typ, der Lydia über zwei Jahre hingehalten und ihr immer wieder vorgejammert hat, wie schlecht seine Ehe sei, dabei mit seiner Frau munter in den Urlaub gefahren und Arm in Arm durch die Stadt gelaufen ist. Seither versucht Lydia, von ihm loszukommen, indem sie systematisch und verbissen alle Männer trifft, die sich auf Parship auch nur ansatzweise für sie interessieren; als Lehrerin für Mathematik scheint sie die Sache mit statistischer Präzision anzugehen. Ein paar Mal hat es tatsächlich gefunkt, sie ist den jeweiligen Männern etwas nähergekommen, doch letztlich hat keiner dem Ideal standhalten können, dem Gerhard in ihrer Vorstellung entspricht. Lydia hat eine Neigung zu Männern, von denen sie sich schlecht behandeln lässt, die sie aber über die Maßen idealisiert. Auch vor Gerhards Zeit hat es solche gegeben, einen hat sie erst nach Jahren der Beleidigungen und Demütigungen verlassen, nachdem er sie angeschrien hatte, sie solle die Fresse halten. Wörtlich. Das war lange vor der Therapie, aber die ansonsten geistreiche und eloquente Frau ist seither in Gesprächen mit Männern gehemmt, aus Angst, zu viel zu reden. Der Letzte, Jürgen, hat sie sogar geschlagen, wobei sie sich beharrlich eingeredet hat, das sei eine besondere sexuelle Spielart, seinetwegen ist Lydia schließlich in der Praxis erschienen.

Heute spürt Almut, dass Lydia mit irgendetwas hinter dem Berg hält, eine seltsame Euphorie umgibt sie, trotz der Niederlage mit dem Parship-Mann. »Was war denn mit dem zweiten Date? Sie machen den Eindruck, als sei das sehr gut gelaufen.«

Lydia atmet tief ein, schweigt, dann bricht es aus ihr heraus: Gerhard habe sich wieder gemeldet, es sei aus mit seiner Frau, er vermisse sie, wolle sie sehen. Sie überlege, ihn zu treffen.

»Halten Sie das für eine kluge Idee?«, fragt Almut.

Lydia nimmt die Oberlippe zwischen die Zähne, schweigt erneut. Sie wisse, dass das vielleicht nicht klug sei, aber sie könne nicht anders, und … »Also, ehrlich gesagt, ich habe ihn bereits getroffen«, erklärt sie. »Er hat mich besucht, wir haben miteinander geschlafen, es war total schön, und ich will jetzt einfach alles richtig machen, damit es dieses Mal wirklich klappt.«

»Will Gerhard es dieses Mal auch richtig machen?«

Lydias Stimme wird leiser, sanft, beinahe zärtlich. »Er hat schon alles richtig gemacht, er hat sich von Rike getrennt, dieses Mal ist es echt.«

»Rike. Das ist seine Frau?« Gerhard und Rike. Die Kombination löst etwas in Almut aus, aber ihr fällt nicht ein, was. »Was bedeutet getrennt?«

»Na ja, sie sind auseinander.«

»Ist er ausgezogen?«

»Er will ausziehen, sobald er etwas gefunden hat. Und …«

»Ja?«

»Ja, also ich überlege, ob ich ihn fragen soll, ob er bei mir einziehen will, also vorübergehend.«

Gerhard und Rike. Friederike. Mit einem Mal sieht sie die beiden vor sich, sie klein und vermeintlich zerbrechlich, dabei zäh und unnachgiebig bis zur Penetranz, er etwas in die Jahre gekommen und eigentlich hilflos, ein Chauvinist mit ebenso gepflegtem Bart wie Vokabular, zwei, die komplett ineinander verschränkt und voneinander abhängig sind.

»Erzählen Sie ein bisschen von den beiden.«

»Von wem?«

»Von Gerhard und seiner Frau. Lebt er eigentlich in Ihrer Nähe?«

»In Sachsenhausen.«

»Ah. Und … es gibt doch Kinder in dieser Ehe, nicht wahr?«

»Ja, zwei. Thomas und Annika.« Sie lacht auf. »Die heißen wirklich so. Sind aber schon erwachsen und aus dem Haus, also kein Problem mehr.«

Doch ein Problem, denkt Almut, aber das darf sie Lydia nicht wissen lassen. Ihr Herzschlag beschleunigt, sie zwingt sich, ruhig zu atmen. Gerhard und Rike, Thomas und Annika. Kein Zweifel. Seit langem rechnet sie mit dem Moment, in dem sich herausstellt, dass zwei ihrer Patienten sich bereits auf einem Partnerportal kennengelernt haben, doch nie ist etwas Vergleichbares passiert. Überhaupt ist es nie zu einer Interessenkollision gekommen, in zwanzig Jahren nicht. Und nun das. Drei Sitzungen hat sie bereits mit Gerhard und Rike absolviert, eines der wenigen Paare, bei denen Almut von Anfang an optimistisch war. Es sind gute, konstruktive Sitzungen, die nächste findet am Donnerstag statt. Tatsächlich werden auch seine Seitensprünge thematisiert, Lydia scheint jedenfalls nicht die Einzige zu sein. Almut überlegt, was sie sagen soll, sie braucht Zeit, um mit der Situation klarzukommen. Sie wird beim Essen mit Heiner darüber sprechen müssen. »Vielleicht sollten Sie ihm ein bisschen Zeit geben.«

»Wieso?« Lydia klingt beinahe trotzig.

»Eine Beziehung kann nur dann gedeihen, wenn beide mit den vorhergehenden Partnern wirklich abgeschlossen haben.«

»Aber er hat sich von ihr getrennt.«

»So eine Trennung dauert manchmal sehr lange. Aber ich sehe, unsere Zeit für heute ist um.«

Sie wartet, bis Lydia aufgestanden ist und ihre Handtasche genommen hat, begleitet sie zur Tür. Nachdem Lydia die Praxis verlassen hat, wirft sie einen Blick ins Wartezimmer. Dort sitzt eine Frau, Heiners letzte Patientin, und sieht Almut fragend an. Heiners und ihr Stundenplan sind um eine Viertelstunde verschoben, die Patientin müsste längst dran sein. »Warten Sie noch auf meinen Mann? Ich schaue mal nach.« Heiners Tür ist geschlossen, Almut lauscht, meldet sich dann mit ihrem Klopfzeichen. Keine Reaktion. Behutsam drückt sie die Klinke herunter. Das Erste, was sie sieht, ist Heiners Schuhsohle. Dann sein Bein. Er liegt auf dem Boden, neben seinem Schreibtisch, als hätte er sich zum Schlafen dorthingelegt. Der Schreck nimmt ihr die Luft. »Heiner?« Sie kniet sich neben ihn, fasst seine Hand, die schlaff und reglos ist. Dann seinen Hals, nirgendwo Puls. »Heiner!« Sie rüttelt ihn leicht, der Körper zeigt keinen Widerstand. Was, wenn? Für einen Augenblick droht Panik sie zu zerreißen, dann ist ihr Kopf plötzlich glasklar. Automatisch steht sie auf, greift nach dem Telefon, wählt den Notruf, doch ehe jemand abnimmt, weiß sie, dass es vorbei ist. Als wäre ein Schalter umgelegt und ihr Leben in eine andere Kategorie versetzt worden, die Kategorie einer alleinstehenden Frau. Sie registriert, dass sie keinerlei Empfindungen hat. Sie instruiert den Rettungsdienst, zieht ihren Pullover zurecht und macht sich auf den Weg ins Wartezimmer.

Mia

10.3.

Das Gerippe ist abgehauen. Das Gerippe ist jetzt da draußen und wird gesucht und sicher auch gefunden und kommt dann garantiert auf die Geschlossene. Das Gerippe ist im Wald. Der Wald ist groß und gefährlich, wie im Märchen, und das Gerippe hat Angst. Furchtbare Angst hat das Gerippe, dabei ist der Wald in Wirklichkeit ganz zahm, es gibt markierte Wege, damit wir uns bloß nicht verlaufen. Überall um den Wald und das Klinikgelände herum sind Orte und Häuser, an deren Türen das Gerippe klopfen könnte. Man würde ihm sofort etwas zu essen geben, wenn man es sieht, schließlich ist es am Verhungern.

Aber das Gerippe wird nicht klopfen, es wird herumirren, bis es umfällt.

Ich weiß nicht, was ich mit den Sachen machen soll. Die liegen überall herum, diese Klamotten, die aussehen wie für kleine Mädchen. Auch der Koffer.

Habe sie alle in den Koffer geschmissen und den Koffer unter das Bett geschoben. Das Bett hab ich auch gemacht. Da liegt noch der Frottee-Teddy drin.

So. Bin wieder allein.

II. 3.

Sie haben das Gerippe noch nicht gefunden. Ich habe die Psychologin mit dem langen Namen gefragt, ob es was Neues gibt, bin zu ihr ins Zimmer gegangen, obwohl ich heute gar keine Stunde bei ihr habe. Haus 2, erster Stock, habe geklopft. Sie hatte gerade keine Patientin. Wusste nichts. Hockte da an ihrem Computer und las eine Mail, irgendwas in einer seltsamen Schrift, vielleicht arabisch. Woher sie genau kommt, habe ich vergessen, Tadschikistan, Aserbaidschan, Afghanistan, Iran oder so. Sie ist geflüchtet und hierhergekommen, da war sie ungefähr so alt, wie ich jetzt bin. Mit gerade mal zwanzig hat sie das alles gemeistert, Flucht und Aufnahmeverfahren und Deutschlernen und Studium, alles fremd, fremd, fremd, huhuhu, was muss sie da für eine Angst gehabt haben, aber sie hat sich durchgebissen wie ein kleiner Biber, so sieht sie auch aus, so kompakt dick, jemand, der sich durchnagt, durch alles durchnagt. Es gibt

Durchnagemenschen. Bibermenschen. Ich bin keiner. Das Gerippe erst recht nicht. Uns geht es zu gut, das denkt die Biberpsychologin, ich sehe es ihr an, immer wenn ich bei ihr bin und sie mich die Fragebogen ausfüllen lässt und ihre Verhaltenstherapie an mir ausprobiert und sich bemüht, nett zu mir zu sein. Sie macht Intelligenztests mit mir und sagt, dass ich wieder zur Schule gehen soll, mein Abi nachmachen, sie selbst hat ein Abi von Einskommairgendwas, heißt es, ein deutsches Abi an der Abendschule, danach das Psychologiestudium. Hat sich durch Statistiken genagt, alle Prüfungen bestanden, nur um als ausgemachter Durchnagermensch auf Leute wie uns zu treffen. Uns fehlen nicht nur die Nagewerkzeuge, auch die Haut, zumindest auf der Seele, wir sind nutzlose, zahnlose, wehrlose Nackttiere, keine Stacheln, Krallen, Scheren, Hörner, Greifwerkzeuge, Giftdrüsen. Wir fressen nicht, wir werden angefressen, aufgefressen, ein Wunder, dass wir überhaupt existieren.

Das Gerippe war kurz vor der Zwangsernährung. Wie einige hier. Die Zwangsernährung hilft oft nichts mehr, selbst wenn die Psyche im letzten Moment kapiert, dass man vielleicht doch leben will, hat der Körper schon auf Totalverweigerung gestellt, egal, wie viel sie dir noch einflößen. Und was, wenn das Gerippe jetzt irgendwo im Wald rumliegt und verhungert, nur, weil sie nicht ordentlich suchen? Verhungern soll eine der unangenehmsten Todesarten überhaupt sein. Überall in der Welt verhungern Menschen, vor allem Kinder, weil die Leute anderswo zu viel fressen, so viel, dass sie krank werden davon, aber fresskrank ist nicht so schlimm wie hungerkrank. Wenn alle hier weniger fressen und nagen und hamstern würden, könnten die Leute woanders ganz cool leben, es ist alles so einfach, warum macht keiner was? Das Gerippe macht was, es verzichtet auf den ganzen Quatsch mit dem Essen, ihre Mutter könnte einfach spenden, was das Gerippe am Essen spart. Geht natürlich nicht, das Geld wird ja für die Klinik und Zwangsernährung ausgegeben und alle möglichen Therapien und Kurse, die das Gerippe zu Hause machen muss.

Plötzlich konnte ich den breiten Bibernagerrücken der Psychologin nicht mehr sehen, ich bin rausgerannt, im Wald herumgelaufen. Das sollen wir ja, an die frische Luft und immer den markierten Wegen folgen. Vielleicht, habe ich gedacht, liegt ja irgendwas am Wegrand, ein totes Herz, ein totes, schwarzes, zusammengeschrumpftes Herz.

Bin dann tiefer in den Wald rein, dort, wo keine Wege mehr sind. Habe nichts gefunden.

Angsthölle. An Angst zu verenden ist vielleicht genauso schlimm wie an Hunger.

12.3.

Océane liegt jetzt im Kreiskrankenhaus. Niemand sagt uns, wo sie gefunden wurde. Und in welchem Zustand. Wir dürfen sie nicht besuchen, das wäre, behaupten sie, weder gut für sie noch für uns. Aber ich bin eine Ausnahme, könnte ich sagen, ich bin erstens eine der wenigen auf dieser Station, die nicht magersüchtig sind, zweitens bin ich die Älteste. Sie behalten mich hier, weil ich seit vier Jahren regelmäßiger Gast bin und noch nicht so weit, um auf der Erwachsenenstation behandelt zu werden. Ich bin unreif, so steht es in meiner Patientenakte, intelligent, aber absolut unselbstständig. Wenn ich einundzwanzig werde, muss ich weg.

Einundzwanzig war Philip damals, als mit uns Schluss war. Ich war sechzehn. Meine Mutter glaubt, ich hätte meinen ersten Suizidversuch wegen Philip unternommen. Das wäre so schön normal.

13.3.

Heute hatte ich meinen wöchentlichen Termin bei Missis Nager. Eigentlich ein guter Name für sie,

sie sollten ihn an die Tür schreiben, den könnte sich jeder merken. Ich habe die Tabellen ausgefüllt wie immer. Wie stark war die Angst in der letzten Woche auf einer Skala von 1 bis 10, was hat sie ausgelöst, was habe ich getan, um sie zu verringern, was hat geholfen, was nicht. Missis Nager ist an einem Forschungsprojekt beteiligt, und ich bin ihr bevorzugtes Objekt. Wahrscheinlich, weil ich über meine Angst reflektieren kann. Ich bestehe ihr gegenüber darauf, dass es eine Hölle gibt, obwohl ich nicht religiös, noch nicht mal getauft bin, und sie nagt eifrig dagegen an. Ich kenne ihre Argumente auswendig. Meine höllische Angst ist nur eine körperliche Reaktion, die früher sinnvoll war, um uns vor realen Gefahren zu warnen. Jetzt und hier, wo uns nicht mehr jederzeit ein Säbelzahntiger aus dem Gebüsch anspringt, haben wir kaum Verwendung für unsere Urängste, deshalb springen sie nun ihrerseits uns an, in Form von absurden Phobien, Panikattacken, Angstkrankheiten. Zumindest hier in Westeuropa, wo alles bis zum Gehtnichtmehr abgesichert ist. Da, wo Missis Nager herkommt, kann man noch mit gutem Grund Angst haben. Aber eine posttraumatische Belastungsstörung ist sicher auch nicht besser als Phobien oder Panikattacken. Ich weiß, dass es ohne Angst nicht geht, schließlich habe ich eine Menge von diesem Evolutions- und

Hirnforschungszeug gelesen. Ohne Stress keine Entwicklung. Das heißt: Unser Hirn produziert am laufenden Band Inkohärenzen, verwirrt seine Besitzer mit Wünschen, Zweifeln, Sehnsüchten – und dann schaut es zu, wie sie sich abzappeln, um diese Inkohärenz so schnell wie möglich aufzulösen und wieder Kohärenz herzustellen. Absurderweise funktioniert das Hirn nämlich nur im Zustand absoluter Kohärenz reibungslos, sonst verbraucht es zu viel Energie. Und das darf auch nicht sein, sagt uns der zweite Satz der Thermodynamik. Alles, was mehr als die unbedingt zur Erhaltung notwendige Energie verbraucht, kann auf dieser Welt nicht über längere Zeit existieren. Da ist das Universum unerbittlich und fordert die Energie für sich zurück. Im Klartext, oder für Menschen übersetzt, heißt das: Kümmer dich um dich selbst, sieh zu, wie du deinen Energiehaushalt ausgleichst, sonst verschwindest du. Bei manchen Leuten reicht es, wenn sie sich eine neue Handtasche kaufen, um wieder in Fluss zu kommen, andere müssen mehr Aufwand betreiben, müssen sich neue Hirnbahnen graben, was sie dann hoffentlich weiterbringt, und wieder andere graben und graben, und nichts funktioniert. Warum also nicht einfach der Forderung des Universums nachgeben und verschwinden, habe ich Missis Nager heute gefragt.

Genau da klopfte die nächste Verrückte, und die Stunde war um.

Schreiben hilft, das habe ich von der Eule gelernt. Die Eule war vor Missis Nager hier, zum Glück war die Eule da, als ich zum ersten Mal herkam. Damals hat das Psychologenzimmer besser ausgesehen, an den Wänden hingen Bilder, und es gab auch einen Sessel und einen kleinen Beistelltisch, wo die Eule Teegeschirr und manchmal eine Schale mit Keksen stehen hatte. Die jetzige Einrichtung täuscht noch nicht mal Behaglichkeit vor, wie öde muss das eigentlich sein, jeden Tag in einem solchen Zimmer sitzen zu müssen? Kein Sessel mehr, alle Möbel sind aus Holz und Stahl, vielleicht ernährt sich Missis Nager ja davon, wie praktisch.

14.3.

Philips Geburtstag.

Früher hab ich mich geritzt an dem Tag, weil ich mir dann Philip vorstellte mit seiner neuen Freundin oder Frau oder was immer er jetzt hat, vielleicht auch schon Kinder, er hat Kinder gewollt, mit einer normalen Frau. Alle wollen das Normale, nicht das Verrückte. Das Verrückte an mir ist, dass man mir die Verrücktheit nicht anmerkt. Philip hat erst auch nichts gemerkt. Zuerst hat er auch mich nicht bemerkt, ich bin ihm nachgeschlichen auf den Chorfreizeiten. Für Leute wie Missis Nager müsste man es so beschreiben: In meinem Hirn war eine heftige Inkohärenz in Form eines Wunsches nach Liebe entstanden. Deshalb lief ich Philip nach, saß bei jeder Mahlzeit in der Jugendherberge neben ihm, vor Aufregung konnte ich natürlich nicht essen. Aber der Hunger nach seiner Liebe war riesig, kraterartig. Wirf alles rein, der Krater verschlingt es, unermesslich tiefer Liebeskrater. Mit Kratersee, schön hellgrün, blubb, blubb, blubb. Die Inkohärenz, die schließlich bei Philip entstand, nach fast einem Jahr des Nachlaufens, war weit weniger allumfassend oder verstörend als bei mir. Das ist eigentlich schon alles.

Viel Höllenangst, viel Geritze, schon in der Zeit, als wir zusammen waren. Als er Schluss gemacht hat, der erste richtige Suizidversuch, und so kam ich her.

Die Mutter von Océane war heute hier und ist ausgerastet, ich habe sie nicht gesehen, nur davon gehört. Will ihr Kind mitnehmen, die Klinik anzeigen.

Meine Mutter würde so was niemals tun. Ich komme mir vor wie eine Simulantin, wenn ich an meine Mutter denke, meine Mutter ist noch nicht mal annähernd so schlimm wie die Mutter von Océane. Meine Mutter ist praktisch, vernünftig. Und verständnisvoll. Außer, man versucht, sich umzubringen.

15.3.

Gestern ging es mir dann noch ziemlich schlecht, wollte um Beruhigungsmittel bitten, irgendwelches Zeug, was zu dem ganzen anderen Zeug passt, das ich hier sowieso schlucken muss. Am besten so stark, dass es mich in Tiefschlaf versetzt und zwar für ein paar Tage. Gerade als ich rausgehen wollte und mein Handy eingesteckt habe, schickte Ro mir ein Foto. Ich musste lachen, und mir ist es ein ganz kleines bisschen besser gegangen. Ro hat gelernt, Fotos zu verschicken, und ich weiß, wie stolz sie darauf ist. Ro hat ewig gebraucht, bis sie das gelernt hat. Sie braucht für alles unglaublich lange. Sie ist dreiundzwanzig und kann noch immer nur die erste Silbe ihres Namens aussprechen. Dafür kann sie aber ahnen, wenn es anderen, zum Beispiel ihrer Schwester, schlecht geht. Das mit dem Namen geschieht meinen Eltern übrigens recht. Roseanna ist ein bescheuerter Name, immerhin nicht ganz so schlimm wie Océane.

Warum bekommen Leute Kinder? Wenn doch alles Mögliche passieren kann? Die eine kann ihren eigenen Namen nicht aussprechen, hat einen IQ von höchstens siebzig, muss zur Sonderschule, kann keinen Weg allein gehen, gerade mal zum Klo. Die andere kommt mit sechzehn in die Klinik und bleibt, ist zu Hause nur auf Besuch. Auf Versuch. Ein weiterer Versuch zu leben. Klappt nicht, also zurück in die Klinik.

Ro freut sich, wenn ich auf Versuch komme, ist aber auch nur an den Wochenenden zu Hause. Ro fühlt sich in der Behindertenwerkstatt zu Hause, so wie ich in der Klinik. Im Heim hat sie sogar einen Freund. Der ist noch ein bisschen behinderter als sie. Meine Mutter will nicht, dass ich Ros Freund oder Ro als behindert bezeichne. Ro sei »besonders«, sagt sie. Bei früheren Klinikaufenthalten hat die Eule gefragt, wie es war, mit einer behinderten Schwester aufzuwachsen: Da mussten Sie ja die ganze Kindheit hindurch zurückstecken. Sie nennen Ihre Mutter doch auch beim Vornamen, nicht wahr? Wie ist das denn eigentlich gekommen, haben Sie ganz früher Mama gesagt, können Sie sich erinnern? Schuhuhuhu, so war die Eule: Schuhuhu, Ihre Kindheit war so schlimm, ich verstehe, dass es bei Ihnen nicht klappt mit dem Leben. Die Eule glaubte nicht an Verhaltenstherapie, deshalb ging sie weg von der Klinik, und ich sollte zu ihr in die Praxis kommen. Da gab es mehr Schuhuhu, wir versuchten, der Sache auf den Grund zu gehen: Früher hat sich alles um Ro gedreht, sogar mein Vorname wurde so ausgewählt, dass Ro ihn aussprechen kann. Mia. Vom M gleitet das ia leicht, Mia ist kurz vorm Miau. Sia oder Tia hätte ich besser gefunden. Auch passender. Tia, tja, tjaja, da ist noch jemand auf der Welt, ein normales Kind, das sprechen lernt, wir freuen uns so sehr, knips, knips, knips. Es gibt ein Album voller Babybilder und einen Haufen Babyfilme von mir, Freude, Freude, Freude. Kein Schuhuhu, das pure Glück. Echt. Ich hab keinen Grund, in der Klinik zu sein, es ist vielleicht nur ein genetischer Fehler, ein anderer als bei meiner Schwester. Früher wäre ich an meiner Angst einfach gestorben. Die Eule fand, ich sei gnadenlos zu mir selbst.

Manchmal wünsche ich, ich wäre wie Ro. Ro strahlt. Ro hat Sex. Und Liebe. Ro hat alle Liebe dieser Welt.

15.3.

Wenn ich nur wüsste, warum sich die Hölle immer wieder über mich stülpt. Ein Höllenmaul, das mich verschluckt und nicht wieder rauslässt. Hab einmal geträumt von einer gekachelten Grotte, keine Fenster, keine Türen, kein Ausgang, nur Wände, die sich zusammenziehen, Ende.

In der Hölle sind keine anderen, da sind nur Stimmen von weither, die mich verhöhnen, da ist das absolut Böse, und ich bin Teil davon, seit Jahrhunderten schon, Jahrtausenden vielleicht. Hab ich irgendwas verbrochen in einem früheren Leben, denk ich manchmal.

Das Böse ist gnadenlos, erbarmungslos, unendlich mächtig, es besteht aus purer Schuld, aber Schuld ist nur eine Kategorie für Menschen, und ich bin kein Mensch, ich bin so was wie ein Zombie, ein Ding, ein unförmiges, kaltes Ding, und in meinen Adern fließt Angst, nackte, wahnsinnige Höllenangst. Auch der Begriff ist nur eine Kategorie für Menschen. Nichts, was Menschen bewegt oder ihnen hilft, gilt hier in der Hölle. Hier kannst du schreien, dein Leben lang, niemand wird dich hören, oder wenn, dann nur von ganz fern, die Menschen haben einander, wärmen einander, alles wirklich Böse ist kalt, die Hölle ist kalt. Du bist das kalte Ding, das nicht zu den Menschen gehört, egal, wie sehr sie versuchen, dir einzureden, es wäre anders.

Nur wenn ich hier in der Klinik bin, schaffe ich es, aus der Hölle rauszukommen, ohne mir was anzutun.

Die Eule hat mir beigebracht, dass ich schreiben darf, ohne Zwänge, dass das Schreiben und dieses Tagebuch ein freies Reich sind, das war ihre große Tat.

17.3.

Termin in Haus 3, dritter Stock.

Sonja Grabner, Sozialarbeiterin, klopf, klopf, klopf. Ein bisschen hin und her geredet, dann die Frage, auf die ich gewartet habe: Wann ich denn mal wieder übers Wochenende nach Hause fahren will? Und ob ich mir schon was wegen der Schule überlegt hätte? Ich bin aufs Klo, und dort kam auch gleich die Panikattacke, um mich rum nur Wasser, die Luft war Wasser, konnte nicht mehr atmen, weiß aber, was ich tun muss, wenn ich hyperventiliere. Danach wieder rein, Sonja hat mir Tee gemacht und mir eine Decke gegeben. Bei Sonja im Zimmer wird irgendwann alles so normal. Wir haben über den letzten Aufenthalt zu Hause geredet, immerhin hab ich über drei Monate durchgehalten, von Oktober bis Januar. Ich hab von den Verwandtentreffen erzählt, dass Isabel dann immer die besorgte Mutter spielt und dabei über mich redet, als wäre ich nicht im Zimmer. Dann musst du ganz einfach zeigen, dass du anwesend bist,

Mia, dass dich das verletzt. Bei Sonja klingt alles so leicht. Dass es endlos viele Verwandtentreffen gab, lag an der Jahreszeit, Nikolaus, Weihnachten, Neujahr, und Anfang Januar dann der Tanten-Nichten-Geburtstag. Als ich klein war, haben wir ihn immer zusammen gefeiert. Alexandra war von Anfang an meine Lieblingstante. Ich war gern bei ihr, übers Wochenende oder wenn sie Urlaub hatte. Sie hat keinen Mann, keine Kinder, noch nicht mal einen Hund. Ihr habt so viel gemeinsam, ihr beiden, sagt Isabel immer, nicht nur den Geburtstag und das Sternzeichen, auch eure Wissbegierde. Weißt du was, Mia, deine Tante Alexandra hat als Kind mindestens so viel gelesen wie du, und dann hatte sie auch immer diese schlechten Träume. Hör mal, willst du nicht später zu ihr ans Institut, Mia? Du warst doch immer so gut in Naturwissenschaften. Dieses Zukunftsgerede hat unsere Tanten-Nichten-Geburtstagsfeier ziemlich beeinträchtigt. Um nicht zu sagen: versaut. Dazu kam noch die Sache mit dem verpatzten Nachhilfejob. Ich wusste, dass Alexandra enttäuscht war, Tobias ist der Sohn ihrer Kollegin, es muss peinlich für sie gewesen sein. Natürlich hat Alexandra das bestritten, hör mal, Katrin und ich wissen beide, dass er eine Niete in allen Fächern ist, er ist wohl intelligent, aber faul. Dann bleibt er halt sitzen. Mein Gott, das ist kein Drama.

Der wahre Grund: Tobias ist kein Nager, eher ein Fisch, der in einer Höhle lebt. Was soll man einem Höhlenfisch dieses Nagerzeug beibringen, was für einen Sinn soll das haben? So gesehen, war es wirklich nicht mein Versagen. Aber ich hab mich trotzdem geritzt. Weil mir Tobias am Schluss nicht mehr aufgemacht hat.

18.3.

Musiktherapie. Ich hasse das! Hasse diese Stunde, wenn Herr Wörner mit dem Hipsterbart auf der Gitarre rumklimpert und alle schief grölen, all die kleinen Skelette hier. Océane ist aus dem Kreiskrankenhaus entlassen worden und kam wie erwartet auf die Geschlossene. Eigentlich eine gute Nachricht, ich bin ehrlich froh, dass sie lebt. Wenn bloß die Musiktherapie nicht wäre. Du musst ja nicht teilnehmen, sagen alle, nein, muss ich nicht, aber ich höre das Gejaule und Gegröle. Und wenn ich Kopfhörer aufsetze, dann spüre ich sie, ich schwöre, ich spüre diese Gesänge, spüre sie wie Infraschall, so wie das Elefanten oder Wale machen, über Kilometer hinweg. Dann sing doch einfach mit, und wenn's nur für dich ist, du hast doch so eine schöne Stimme. Jaja, hatte ich. Deshalb bin ich Philip damals auch aufgefallen. Meine schöne, tiefe Altstimme, ich konnte sogar beim Tenor mitsingen. Und weil nicht genug Tenöre da waren, haben sie mich schließlich dorthingesteckt, und ich stand neben ihm. Wir schauten in ein Notenblatt. Bei den Proben und auch beim Konzert. Nach dem Konzert küssten wir uns das erste Mal. Ich wollte in ihn reinkriechen, wollte mich in seiner Seele zusammenrollen. Am nächsten Tag kam dann er in mich rein, drang in mich ein mit seinem Schwanz, es tat weh, aber wenn ich ehrlich bin, hatte ich auch Lust, wollte den Schmerz, wollte Orgasmen, wollte ihn, wollte mich auflösen, alle Inkohärenzen beseitigen, für jetzt und für immer. Er war ein Fan von Oralsex, und beim zweiten Mal hingen seine Teile in meinem Gesicht herum. Und das blieb so. Ging sogar eine Weile gut. Ich als Kratersee, der alles verschluckt, was man an Liebe reinwirft, auch sonst alles schluckt. Irgendwie hatte das auch was Komisches, Lächerliches, das ganze Gelutsche, musste mir das Lachen verkneifen, musste an Schweine denken oder Tiere, die sich irgendwo wälzen, und das bin doch gar nicht ich, und ich wollte doch nur in seine Seele und fragen, ob ich da wohnen darf, und mich selbst aufgeben und mich zusammenrollen da drinnen.

Ich war damals erst fünfzehn, er zwanzig. Du warst noch ein Kind, hat die Eule gesagt.

20. 3.

Überraschung: Heute saß nicht Missis Nager im Psychologenzimmer, sondern eine Neue. Sie macht hier nur ein Praktikum, obwohl sie keine Studentin mehr ist. Ich sollte sie beim Vornamen nennen. Marie. Hätte ihr sagen sollen, dass das keine Psychologin hier anbietet, noch nicht mal der Musiktherapeut mit dem Hipsterbart, nur die Sozialarbeiterin. Alle anderen haben Angst, dass ihnen die Patienten sonst auf der Nase herumtanzen. Marie hat nach der Familiengeschichte gefragt, Verrücktheitsgeschichte, Mutter, Geschwister, Tante, Vater. Zum Vater ist mir erst nichts eingefallen. Außer, dass ich ihn immer das Axolotl nenne. Natürlich hat Marie gefragt, warum, und ich referierte, was ich über Axolotl weiß. Axolotl durchlaufen keine Metamorphose, sondern verbringen ihr Leben als Dauerlarven. Das heißt im Klartext: Ein Axolotl wird als Larve geboren, erreicht die Geschlechtsreife im Larvenstadium, stirbt als Larve. Ein Axolotl wird nie erwachsen, selbst wenn es so tut, es kann jede mögliche Form annehmen und in jeder möglichen Form versagen.

Und das ist die exakte Beschreibung meines Vaters.

Isabel und er sind seit fünf Jahren geschieden, wir haben wenig bis keinen Kontakt.

Wie ich auf das Axolotl gekommen bin, hat Marie gefragt, ob er Axel heiße oder was meine Assoziation gewesen sei. Ich wusste es nicht mehr, sagte nur: Thomas. Bio-Unterricht siebte Klasse. Thema Lurche und Molche. Damals habe ich wahrscheinlich nur unbewusst kapiert, dass eine Dauerlarve auch nur Dauerlarven zeugen kann, also Kinder wie Ro und mich, die in der Realität nicht überleben können. Das erschien mir zu kompliziert für eine erste Unterhaltung, also erzählte ich Marie, dass ein Axolotl ein im Wasser lebender Schwanzlurch ist und zur Familie der Querzahnmolche gehört, und plötzlich mussten wir beide lachen.

21.3.

Marie hat ein bisschen geforscht und mir etwas über Axolotl erzählt, was ich zwar wusste, aber nicht erwähnt oder sogar vergessen hatte. Axolotl können nämlich nach einer Verwundung Körperteile, Organe und sogar Teile ihres Hirns und Herzens wiederherstellen. Und zwar vollkommen funktionstüchtig, stell dir vor, sogar Teile des Hirns! Um mir das zu erzählen, ist Marie extra in mein Zimmer gekommen. Ich habe Tee gemacht. Mit ein paar Teebeuteln, die ich von Sonja habe, und dem Wasserkocher, der Océane gehört. Ich habe Marie von Océane erzählt. Marie hatte eine Anaïs-Minerva in der Klasse, das war aber nicht so schlimm, weil man es zu Ana oder Min abkürzen konnte. Aber wie willst du Océane abkürzen, Oci? Ceane? Cea? Klingt wie ein Deo, fanden wir beide.

23.3.

Océane geht es besser. Es kann sein, dass sie bald wieder auf Station kommt. Deshalb hab ich den Wasserkocher gleich draußengelassen. Tee hat null Kalorien, Tee kann sie trinken, ohne mit ihrer Magersucht Stress zu kriegen. Selbst, wenn sie sich jetzt brav an die Essregeln hält, wird ihr Gehirn Stress machen, eine Magersucht verschwindet schließlich nicht einfach so. Deshalb ist Teetrinken easy für sie, Teetrinken ist ein Zustand vorübergehender Kohärenz, in den sie sich flüchten kann, so wie ich mich ins Schreiben flüchte. Der Schreibzustand ist der einzige Zustand, in dem ich mich wohlfühle. Ich schreibe, weil Schreiben so ist wie etwas laufen lassen, das Blut, wenn man sich ritzt, einfach rinnen lassen, die Worte, egal, wohin dich das Ganze führt.

Als Océane noch hier war, haben wir wenig geredet. Sie ist erst sechzehn, so alt, wie ich war, als ich herkam. Sie sieht aus wie zwölf oder zehn. Aber sie hat die Musiktherapie genauso gehasst wie ich. Ich werde sie nicht fragen, warum sie eigentlich abgehauen ist, ob sie dort im Wald einfach sterben oder nur auf sich aufmerksam machen wollte, wie die Psychologen glauben. Wir werden einfach Tee trinken.

Wir könnten im Garten Pfefferminze anbauen und den Tee an die anderen Patienten verkaufen. Wir könnten das Geld sammeln, um das zu tun, was die Mutter von Océane nicht hinkriegt, es an irgendwelche Organisationen spenden, die dafür sorgen, dass die Welt vielleicht doch nicht zugrunde geht.

Klar, Tropfen auf den heißen Stein, könnte man einwenden. Trotzdem ein leuchtendes Beispiel, vor allem für diese ganzen Larven und Nacktiere hier.

Wir könnten in unserem Zimmer sogar eine Art Teerestaurant aufmachen.

Chez Cea et Mia würden wir an unsere Tür schreiben.

Wäre vielleicht lustig.

Jan

Als er das Haus verlässt, prallt er beinahe mit dem Paketboten zusammen. Es ist derselbe wie gestern, ein drahtiger junger Typ mit osteuropäischem Akzent. »Nehmen Sie Paket für Junge?«, fragt er und hält ihm einen dicken Umschlag entgegen, aber es klingt nicht wie eine Frage, auch nicht wie eine Aufforderung, eher wie eine Feststellung, eine milde, fast resignierte Feststellung.

»Für Mädchen«, antwortet er. »Es wird ein Mädchen.«

Irritiert sieht der Postbote erst ihn, dann den Adressaufkleber an. »Aber ist für Junge. Laura Junge. Von Wollekontor100.«

»Jaja«, sagt er und greift nach dem Umschlag, der erwartungsgemäß kaum Gewicht hat. »Stimmt schon alles, war nur ein Witz.« Ein schlechter Witz, denkt er und unterschreibt auf dem Display. Für einen Augenblick ist er versucht, dem Boten eine Erklärung zu geben, aber der hat es vermutlich genauso eilig wie er selbst, deswegen wünscht er ihm nur einen schönen Tag und wendet sich zum Gehen.

Auf der Straße stehen die Tonnen für die Müllabfuhr bereit. Was, wenn er den Umschlag einfach hineinwirft? Würde sie es überhaupt bemerken? Etwas vermissen? Er bezweifelt es, aber auf einen Versuch ankommen lassen kann er es auch nicht, sie ist extrem empfindlich in ihrem Zustand, also schließt er den Wagen auf und wirft das Päckchen auf den Beifahrersitz. Irgendwann wird der Spuk vorbei sein, dann wird das ganze Zeug zuerst im Keller vergessen werden und schließlich tatsächlich in der Tonne landen, bis dahin wird er es über sich ergehen lassen. Eine vorübergehende Spinnerei, hormonelles Gedöns. Gelassenheit, das ist es, was er braucht. Immerhin ist er der Ältere, aber bei dem Gedanken empfindet er keine Freude mehr, erst recht keine Euphorie, wie am Anfang. Stattdessen spürt er Beklemmung in sich aufsteigen, wie so oft in letzter Zeit. Denk an etwas anderes. An diesen neuen Auftrag zum Beispiel, aber das macht es noch schlimmer, what the fuck!

Während der Fahrt durch die Stadt wechselt das Wetter mehrmals von strahlender Sonne auf kurzen, heftigen Hagelschauer. Einmal sind die Hagelkörner so groß, dass er nach einer Tankstelle Ausschau hält, um sich unterzustellen, wer weiß, ob der Lack das mitmacht, doch ehe er eine findet, kommt die Sonne wieder durch. Das Navigationssystem dirigiert ihn in eine Gegend, in der er noch nie war. Er lenkt den Wagen auf den Hof der Behindertenwerkstätte und dort auf den Besucherparkplatz. Bevor er aussteigt, checkt er sein Handy und wirft einen knappen Blick in den Spiegel, dann macht er sich auf den Weg. Vor dem Eingang stehen zwei Mongos und rauchen. Er versucht, nicht hinzuschauen, aber als er sich nähert, begrüßen sie ihn mit einem so unerschütterlichen Hallo, dass er sich gezwungen sieht, in die rosigen Grinsegesichter zu sehen. »Hausaulersobm«, sagt einer der beiden so eifrig, als würden sie sich seit langem kennen, und hält ihm die Tür auf. »Alles klar, Kumpel«, gibt er zur Antwort und betritt das Gebäude. Es riecht nach Holz, Leim und modrigem Mauerwerk. Er versucht, sich zu orientieren, findet aber weder Pförtner noch Wegweiser. Hinter einer breiten Tür mit Riffelglas vermutet er die Werkstätten, Stimmen sind von dort zu hören und Geräusche von Maschinen, er tippt auf Elektrotacker. In einer Ausstellungsvitrine an der Wand liegen hölzerne Bürsten, vom breiten Schrubber bis zum Pilzbürstchen, eine weitere Vitrine enthält simple Schreibhefte und Notizbücher sowie unfassbar hässliche Büroutensilien aus Holz. Was für eine verdammte Scheiße tust du dir hier an? Und wer zum Teufel ist das Arschloch, das ihn angeblich so enthusiastisch für diesen Auftrag empfohlen hat? Geh einfach wieder, ignorier die ganze Sache, oder hast du so was nötig? Ja, hat er, und der Gedanke ätzt wie Sodbrennen. Widerwillig drückt er die Glastür auf und gelangt tatsächlich in eine große, überraschend helle Werkstatt. Und da sitzen sie. Dutzende von ihnen, an breiten Werktischen, die meisten in unförmigen Sweatshirts oder Trainingsjacken, alle mit diesem bekloppten Blick. Scheiße. Noch nie hat er so viele auf einmal gesehen, das ist ein Nest hier, doch spätestens jetzt ist der Moment zur Flucht verpasst. Denn er sieht die Aufregung, die sein Eintreten bewirkt, ein Buckliger ist aufgestanden und ruft etwas, zeigt auf ihn, und mit einem Mal steht er da und wird regelrecht begafft. Endlich kommt ein Mann aus dem hinteren Teil des Raums auf ihn zu. Er trägt einen blauen Kittel, sein Gang ist aufrecht und dynamisch, einer von uns, denkt er erleichtert.

»Guten Tag, mein Name ist Jan Ruland, ich habe einen Termin mit Frau Sauler.«

»Frau Sauler ist oben. Treppe rauf, Gang links, rechte Tür.«

Er bedankt sich besonders höflich, garantiert der Werkstattleiter und damit das Äquivalent zu all den Controllern, Ingenieuren und sonstigen Verhinderern, mit denen er es üblicherweise zu tun hat. Besserwisser, die jede geniale Idee sofort zu Tode reglementieren. Echte Enthusiasten, die kapieren, worauf es ankommt, sind selten. Nur zwei von denen hat er im Laufe seiner Karriere erlebt, und beide Male hat er einen Design-Award abgeräumt. Während er das düstere, muffige Treppenhaus nach oben geht, flüchtet er sich in die Erinnerung an das Blitzlichtgewitter, damals auf der CeBit, als er für den Lautsprecher ausgezeichnet worden ist. Und jetzt: Anthroposophische Briefbeschwerer aus Birkenholz. Was für eine verdammte Scheiße. Ob dieser Mongo-Kindergarten überhaupt weiß, was für eine Koryphäe er ist? Wenn er das macht – und er wird es machen müssen, jetzt, da er für zwei und demnächst für drei arbeitet –, dann wird sich die Produktrange hier komplett ändern müssen. Wenn er das macht, dann will er seine Entwürfe wenigstens als Design-Sonderedition bei Manufactum sehen, moderne Klassiker, Nachhaltigkeitskram. So was können die, die Mongos, da kommt es auf ein paar Stunden mehr oder weniger nicht an, die einer an so einem Holzklotz herumschleift. Wenn er das macht, dann wird er hier gewaltig aufräumen, Design für die Ewigkeit, drunter macht er es nicht, du wirst dir nicht dein Image ruinieren.

Frau Sauler sieht vollkommen anders aus, als er es sich vorgestellt hat: Allenfalls dreißig, keine Spur Sozialarbeiterimage, eher wie eine, die er auf einen Drink einladen würde. Eingeladen hätte, die Zeiten sind vorbei, du lädst niemanden mehr auf einen Drink ein, du wirst Vater. Der Gedanke kommt ihm noch immer absurd vor.

»Wir sind dabei, den Laden ein wenig umzukrempeln«, erklärt sie ihm. »Ein modernes Unternehmen daraus zu machen, ein wettbewerbsfähiges Unternehmen. Das kommt auch dem Engagement unserer Mitarbeiter entgegen, die wollen schließlich etwas erreichen, ernst genommen und nicht nur betreut werden.«

»Aha. Mit Mitarbeitern meinen Sie …« Er nickt so wissend und verständnisvoll er kann und deutet in die Richtung, in der die Werkstatt liegt.

»Dazu brauchen wir natürlich vor allem ganz andere Produkte, innovatives Design, das ankommt. Im Zuge dessen haben wir bereits begonnen, unseren Maschinenpark zu modernisieren und zu ergänzen und sind dabei, eine Textilwerkstatt einzurichten, um unser Angebot zu erweitern. Wie Sie sehen, hier tut sich einiges.«

»Textilwerkstatt?« Ihm wird flau.

»Am besten gehen wir mal runter, und Sie schauen sich alles an, damit Sie unsere Möglichkeiten erkennen, und dann bin ich gespannt, was Ihnen dazu einfällt.«

Ihm fällt nichts ein, gar nichts. Sie ist bereits an der Tür, als er noch immer auf seinem Stuhl sitzt, paralysiert von ihrer Energie und dem Wort

Textilwerkstatt. Mühsam steht er auf und folgt ihr die Treppe hinab.

»Ich würde mich wirklich sehr freuen, wenn wir Sie für uns gewinnen könnten. Hier wurden bislang nur einfache Basics hergestellt«, sagt sie mit einer Handbewegung in Richtung der Vitrinen, »aber heutzutage braucht man Innovationen, fantastische Ideen, jemanden von Ihrem Kaliber, Herr Ruland.«

Matt folgt er ihr durch die Glastür, dieses Mal herrscht bei ihrem Eintritt noch größere Aufregung, weil die Mongos Frau Sauler lautstark begrüßen. Mutter der Kompanie, denkt er. Zuerst zeigt sie ihm die Holzwerkstatt mit der Bürstenmacherei, anschließend die Buchbinderei. In einem weiteren Raum sitzen drei Frauen an Nähmaschinen. »Und dort hinten«, sagt Frau Sauler und weist auf zwei Geräte, die ihn entfernt an Keyboards erinnern, »sehen Sie unsere neueste Errungenschaft, unsere Strickmaschinen. Die Mitarbeiterinnen müssen noch angelernt werden, aber ich bin überzeugt, dass wir schon bald in der Lage sein werden, einfache Strickstücke herzustellen. Ich denke da zum Beispiel an so was wie diese hippen Topflappen, Sie wissen, was ich meine. Sie sehen also, wir haben umfangreiche Möglichkeiten, alles, was uns noch fehlt, ist frischer Wind, durchschlagendes Produktdesign. Genial einfach, einfach genial!«

Er stöhnt innerlich. Während Frau Sauler weiter auf ihn einschwallt, klammert er sich an die Möglichkeit, dass das vielleicht alles nur ein Traum ist, ein schlechter Traum, ein Traum, der sich über ihn lustig macht. Produktdesign für die Strickmaschine, Topflappen, das kann nur ein Witz sein, ein karmischer Riesenwitz. Dabei glaubt er nicht an so was wie Karma. Eher an Albträume. Was gäbe er dafür, einfach aufzuwachen. Aber wann? Morgen, heute, gestern? Plötzlich weiß er, dass das nicht reichen würde, dass er weit mehr als einen Tag zurückschlafen müsste, ja, weit mehr als ein paar Wochen, um beim Aufwachen über diesen Witz von einem Traum lachen zu können. Wie weit zurück also? In den Winter? Vielleicht einfach das Jahr ausradieren, es neu anfangen, noch mal Silvester feiern, zehn, neun, acht, sieben, sechs, an Silvester hat er Laura kennengelernt, was wäre, wenn ... Hey, was soll das? Du bist doch glücklich, alles läuft gut! Er setzt sein Gewinnerlächeln auf, es passt exakt zum Saulerschen Lächeln, einfach auf der Gewinnerebene bleiben, dann wirst du dich mit dieser Spasten-Kampfhenne blendend verstehen, verpass ihr ein Gewinnerdesign, Gewinnen für alle, auch für die Mongo-Mädels an ihren Nähmaschinen. »Kriegen wir hin«, sagt er und nickt ein Gewinnernicken. Auf einmal bekommt er Lust auf Alkohol, Sekt, Feierabendsekt, so wie früher, aber dann sieht er sich mit der Flasche in der Wohnung stehen wie ein Depp, sieht ihren Blick, was denkst du dir dabei, mir Alkohol anzubieten?

Frau Sauler lotst ihn zu den Nähmaschinen und schüttet ihr Lob auf die drei Näherinnen, die potthässliche Blümchenstoffe zu kleinen Täschchen zusammennähen. Er kämpft einen albernen Lachreiz nieder, ein Riesenwitz das alles, da erschreckt ihn ein klatschendes Geräusch, und dann riecht er es. Ätzend sauer und durchdringend, ein Geruch, den er absolut nicht mehr ertragen kann.

»Ro hagekotz«, sagt eine der Näherinnen und springt auf, während Frau Sauler wie paralysiert auf die Lache starrt, die vom Nähmaschinentisch auf den Boden rinnt.

»Eimer«, hört er sich rufen, »wo habt ihr einen Eimer?« Die Mongo-Frau kapiert und läuft zu einem Waschbecken, unter dem ein grüner Plastikeimer steht. Er wendet sich ab, versucht, nicht zu atmen. Ein kurzes Würgen, dann erneutes Klatschen.

»Um Gottes willen, Ro, was ist denn los mit dir?«

»Schwanger«, sagt er. Er holt Papiertaschentücher aus seiner Mappe, faltet eins auseinander und streckt es der Frau, die Ro heißt, entgegen.

»Schwanger?«

»Ja. Die kotzen so, das kenne ich.«

»Aha.« Sie schaut Ro an, scheint dann allmählich aufzuwachen. »Los, Lisa, geh mit Ro nach draußen, oder besser aufs Klo, falls das noch mal passiert. Bleib bei ihr, bis die Petra kommt, verstanden?«

Lisa grunzt eine Zustimmung und nickt eifrig, packt dann Ro am Arm und zieht sie zur Tür. Der Gestank ist widerwärtig, er geht zum nächsten Fenster und öffnet es weit. Das andere Mädchen hat inzwischen den Eimer gebracht, ihn offenbar zuvor mit Wasser gefüllt, Frau Sauler kann gerade noch verhindern, dass sie ihn über der Nähmaschine ausleert. »O Gott, wir brauchen Hilfe«, stellt sie fest, ihr entgeisterter Blick wandert zu der noch immer vom Tisch triefenden Kotze. Jan verkneift sich eine Bemerkung.

»Es ist mir sehr unangenehm, Herr Ruland.« Dann schickt sie die Eimerfrau zur Holzwerkstatt, damit sie einen der Betreuer ruft. »Vielleicht sollten wir …«

»Im Prinzip hab ich ja alles gesehen«, entgegnet er. »Ich maile Ihnen am besten.«

»Ja«, sagt sie, und sieht ihn ratlos an. Er drückt sich ein Gewinnerlächeln ins Gesicht, reicht ihr die Hand zum Abschied und geht. Beim Verlassen des Gebäudes erwartet er für einen Moment, tatsächlich aufzuwachen, was aber nicht geschieht, seit Wochen nicht geschieht, und die Erkenntnis, dass es kein Erwachen mehr gibt, nie mehr, überfällt ihn hinterrücks. Draußen ist jetzt Frühling. Knallgelbe Forsythien, weißblühende Bäume, die Welt im Explosionsmodus. Nur du selber implodierst. Was, wenn er sich einfach ins nächste Café setzen würde? Aber was er tut, ist ohnehin egal; selbst wenn er alles richtig macht, bleibt es das Falsche. Er setzt sich ins Auto, stellt das Radio an. Auf dem Beifahrersitz liegt das Päckchen. Eins von gefühlt Hunderten, die in den letzten Wochen angekommen sind, täglich ragt eines aus dem Briefkasten, vom Briefträger nur zur Hälfte durch den Schlitz gequetscht, die größeren bringt der Paketbote. Neulich kam ein Paket an, so groß, dass es den Flur verstellt hat. Um Platz zu schaffen, hat er es geöffnet, hat die Babyschale darin vermutet, die sie bestellen wollte, doch dann war nichts als Wolle darin. Ein ganzer Riesenkarton voller Wollknäuel, rosa, zartgelb, weiß, blassgrün, hellblau, vollkommen fassungslos stand er davor, und in diesem Moment kam ihm das erste Mal der Gedanke, dass das Ganze pathologisch sein könnte. »Wofür zum Teufel brauchst du so viel Wolle?«

»Das ist ein Riesenschnäppchen, nicht mal zehn Euro für ein Kilo, und alles Markenwolle, so günstig bekomme ich so was nie wieder.« Dann hat sie angefangen, Knäuel für Knäuel auf den Esstisch zu legen und immer wieder neu zu arrangieren, hat mindestens eine Stunde lang Kombinationen ausprobiert und kommentiert: Das reicht für ein Jäckchen, daraus mache ich eine Decke, das wird ein Strampler, aus dem Rest kann man Schühchen stricken. Kurz darauf saß sie wieder am Computer. Ebay.

»Ich glaube, du hast genug Schnäppchen gemacht, oder?«

»Ich brauche noch eine Baby-Sommerbaumwolle in Pink, dann mache ich Streifen mit der Hellrosa, die ich schon habe.«

»Für das Geld, das du in den letzten vier Wochen für Wolle ausgegeben hast, könnte man vermutlich drei Babyausstattungen kaufen.«

»Kaufen! Ich will aber etwas Individuelles für mein Kind. Etwas Besonderes!«

»Und wann willst du das alles machen?«, hat er gefragt und sich demonstrativ ein Bier aufgemacht. Bis jetzt hat sie gerade mal zwei ziemlich altbackene Babypullover und eine Mütze gestrickt, die nicht aussieht, als würde sie auf einen Babykopf passen.

»Na jetzt, demnächst«, hat sie gesagt, und der Ton in ihrer Stimme war eine klare Warnung. Dann hat sie die Wolle Stück für Stück in die transparenten Plastikboxen sortiert, die sich überall im Schlafzimmer stapeln. »Später kommt hier das Spielzeug rein, das ist superpraktisch, dann sieht man gleich, was drin ist.« Da hat er sich auf einmal gewünscht, einfach heulen zu dürfen. Er sehnt sich nach der Übersichtlichkeit seiner alten Wohnung, klares Design, kein Firlefanz. Vielleicht hätte er die behalten sollen, aber das wäre natürlich Unsinn gewesen, nicht nur wirtschaftlich. Außerdem hat ihm die Vorstellung, zu Laura zu ziehen, sie an sich zu binden, so gut gefallen, dass er es sogar darauf angelegt hat. Hanne habe die Wohnung bereits an einen Nachmieter vermittelt, hat er ihr erzählt, er müsse raus, wisse nicht, wohin, stehe demnächst auf der Straße, dabei hat Hanne zu dem Zeitpunkt noch nichts von Laura geahnt. »Na, dann ziehst du halt zu mir«, hat sie geantwortet und ganz verschmitzt gelächelt. »Früher oder später müssen wir eh zusammenziehen.« Und dann hat sie ihm die Neuigkeit überbracht, und da hat er sofort gewusst, dass er gerade einen jener Momente erlebt, die im Film mit ganz besonderer Musik unterlegt sind, einen dieser alles entscheidenden, lebensentscheidenden Momente. Tausend Bilder in seinem Kopf, von gerührten Männern, die, mit Tränen in den Augen, ein Wie-wunderbar-ich-liebe-dich hauchen, aber was er fühlen sollte, hat er nicht gewusst, irgendwie hat ihm die Regieanweisung für diesen Film gefehlt, und alles, was er im ersten Moment zustande gebracht hat, war ein gedehntes »Oh-kay«. Natürlich hat er gleich ein »Wow, Baby« hinterhergeschoben, und dann ist ihm ein »Bist du sicher?« über die Lippen gerutscht, aber es hat sich nicht angefühlt, als ginge ihn das etwas an. Auch der Umzug, den er dann innerhalb von drei Tagen über die Bühne gebracht hat, ging ihn irgendwie nichts an. Selbst Hanne hat getan, als hätte sie damit nichts zu tun. Kein Theater, keine Szene, es hat ihn richtig aggressiv gemacht, dass sie ihn nur angesehen, fast durch ihn durchgesehen hat. »Du wolltest doch nie Kinder«, hat sie tonlos gesagt, ist aufgestanden und hat die Wohnung verlassen. Seither hat er sie nicht mehr gesehen, sie hat nur noch stichwortartig über gelbe Zettel mit ihm kommuniziert, die sie an den Küchenschrank geklebt hat. Nicht einmal mehr SMS. Da hatte er wirklich mehr von ihr erwartet.

Er startet den Motor, lenkt den Wagen über das Betriebsgelände. Als er am Eingang der Werkstätten vorbeikommt, sieht er die Schwangere mit ihrer Kollegin auf der Treppe sitzen. Er stoppt den Wagen, reißt das Päckchen auf. Drei Knäuel, cremefarben, mit rosa Sprenkeln. Er steigt aus, geht auf die Frau zu und drückt ihr die Wolle in die Hand. Sie presst die Knäuel zusammen, sichtlich fasziniert, und grunzt etwas, das vielleicht

»Für mich?« bedeutet. »Strick was Schönes für dein Baby, Ro«, sagt er und hebt die Hand zum Gruß. »Tschüss ihr zwei.« Dann fährt er los. Fährt stadtauswärts, ohne nachzudenken, einfach geradeaus, durch Häuserschluchten, durch das Industriegebiet, irgendwann ist er auf der Autobahn, die Sonne scheint, und auf der Höhe von Heidelberg fühlt er sich auf einmal unfassbar leicht. Leicht und richtig, dabei spürt er eigentlich gar nichts. Und muss an diesen dämlichen Meditationskurs denken, zu dem Hanne ihn damals geschleift hat, weil sie meinte, ihm fehle die innere Balance, sein Unterbewusstsein sei blockiert. Alle Gedanken wegschicken, jeden einzelnen, nichts mehr denken, das war das Ziel. Bescheuert, unerreichbar, aber jetzt, auf einmal, gelingt es ihm. Er denkt nichts, sein Kopf ist absolut frei. Es fühlt sich grandios an. Bei Freiburg muss er die Klimaanlage anstellen, so stark heizt die Frühlingssonne den Wagen auf. Kurz vor der Schweizer Grenze wird ihm klar, dass er möglicherweise wohnungslos ist. Noch hat er sich nicht umgemeldet. Er wird sich entscheiden müssen, spätestens hinter Basel wird er sich entscheiden müssen: Atlantik, Riviera, oder doch italienische Adria? Während er auf die Basler Stadtautobahn fährt, beschließt er, keine Entscheidung zu treffen, sondern einfach zu fahren. Er kann schließlich nicht anhalten, mitten auf der Strecke, um zu überlegen, das ist ausgeschlossen, sondern muss weiterfahren, und wenn er nicht darüber nachdenkt, wird sein Unterbewusstsein den Weg schon nehmen. Er zählt die Kilometer bis dorthin.

Lydia

Alles ist wie immer. Sie klingelt und wartet die üblichen drei Sekunden bis zum Summton, drückt die Haustür auf, steigt ausgetretene Treppenstufen hoch, die Hand am polierten Holz des Geländers. Frau Wessling steht im Türrahmen und lächelt. Tatsächlich, sie lächelt. Als wäre nichts passiert. Von irgendwoher schlägt eine Uhr, eine Kirchturmuhr im Häusermeer. Wie immer geht Frau Wessling voraus in die Praxis. Erst hier geben sie einander die Hand. Als wären sie sich vorher nicht wirklich begegnet. Augenkontakt. Nicht wegsehen. Begrüßung. Und jetzt? Beileidswünsche? Nein, das hat sie bereits erledigt, vor vier Wochen schon, nach der Nachricht auf ihrer Mailbox: Die nächsten Stunden müssten leider ausfallen, ein Todesfall, Frau Wesslings Stimme, vollkommen neutral, dabei angenehm, fast wie die Ansage der Haltestellen in der Straßenbahn, daran hat sie gedacht, während die Stimme weiterredete: Sie werde sich wieder melden, bis dann, auf Wiedersehen. Natürlich hat sie sofort in der Praxis angerufen. Die Ansage des dortigen Anrufbeantworters war etwas ausführlicher: Die Praxis bleibe für kurze Zeit geschlossen, die Patienten von Heiner Wessling mögen bitte die folgende Nummer des Kollegen anrufen. Herr Wessling sei überraschend verstorben. Auch das alles in diesem gefasst-freundlichen Ton, dann das Piepen, ihr viel zu langes Beileidsgestammel, wieder ein Piepen, das sie unterbrach, Ende.

Frau Wessling macht die übliche einladende Handbewegung Richtung Couch. Vier Wochen Pause, aber alle Bewegungen sind noch gespeichert: Erst setzt man sich, schwingt die Beine hoch, legt sich vorsichtig auf den Rücken, streckt sich aus, bis die Schuhe das Plastik am Fußende berühren. Wie immer rutscht man ein bisschen hin und her, bis man richtig liegt, hört, wie Frau Wessling sich im Sessel niederlässt. So. Erzähl ihr von Gerhard. Darauf hast du gewartet, es muss raus.

Sie schaut auf die weiße Wand. Und sieht vor ihrem inneren Auge Frau Wessling, so, wie sie eben noch vor ihr stand, nicht schwarz gekleidet, sondern mit hellblauer Bluse und der Leinenhose, die sie öfter trägt, die ihr jetzt viel zu groß zu sein scheint, als wäre Frau Wessling geschrumpft, nicht nur abgemagert, wirklich eingegangen, kleiner geworden, klein, faltig, fast omahaft. Es sind die Haare. Genau. Frau Wesslings Haare waren stets gefärbt, das Kastanienbraun wirkte echt. Sah man wirklich einmal einen grauweißen Ansatz, war er bei der nächsten Sitzung garantiert verschwunden. Verlässlich. Ja, auf dieses Kastanienbraun war Verlass gewesen. Meine Güte, Lydia, was denkst du denn für einen Blödsinn. Aber deswegen ist sie ja hier, liegt sie auf dieser Couch: Um Blödsinn zu denken und diese Gedanken auszusprechen. Aber jetzt? Wie kann sie eine Frau mit ihren Gedanken behelligen, deren Mann erst seit vier Wochen tot ist? Was soll sie sagen? Ich habe über Ihre Haare nachgedacht. Ob Sie sich jetzt gehen lassen. Ich kann es nicht ertragen, wenn Sie sich gehen lassen. Wissen Sie, früher hab ich mich manchmal gefragt, ob eine Psychoanalytikerin nicht zu ihren grauen Haaren stehen müsste. Aber jetzt halte ich diese hellgrauen, fast weißen Strähnen im Kastanienbraun nicht aus. Sie müssen das anders machen, so wie ich: Erst eine leichte Blondfärbung mit Strähnchen, dann nach und nach das Grau zulassen. Ein Kurzhaarschnitt, das ist weniger omahaft.

Die Frisur steht dir nicht, das hat Burkhard gesagt. Als sie das erste Mal bei ihm im Krankenhaus war, wann, vor vierzehn Tagen ungefähr. Auch darüber müsste sie reden, strukturiert, alles in der richtigen Reihenfolge. Erst Gerhard, dann Burkhard.

Aber sie bringt kein Wort heraus. Wie soll sie

dieser verletzlichen Person auf dem Therapeutensessel ihre Gedanken anvertrauen, ihre Gefühle zumuten? Die unermessliche Enttäuschung. Die Wut. Und dabei das sichere Wissen, dass sie trotzdem nie aufhören wird, Gerhard zu lieben. Ein intuitives Wissen, nein, Quatsch, eine Illusion. Verliebtheit gegen jede Vernunft traut einer Mathelehrerin niemand zu, das will sie sich auch selbst nicht zugestehen. Gut, da ist noch ihr anderes Fach. Romanische Sprachen. Französisch, Spanisch. Sie unterrichtet Spanisch als dritte Fremdsprache, das ist bei heutigen Schülern erstaunlich beliebt. Mit Burkhard war sie oft dort. Südspanien. Huelva, Sevilla. Und immer am Grenzfluss zu Portugal entlang. Hitze. Nackte Hügel. Weinreben. Ein hoher Himmel. Auch Portugiesisch hat sie ein bisschen gelernt. Burkhard war nicht besonders sprachbegabt, obwohl er geschrieben hat. Aber das Sprechen hat er immer ihr überlassen.

Von Burkhard kann sie Frau Wessling noch weniger erzählen als von Gerhard. Mit Herzinfarkt ins Krankenhaus eingeliefert. Glück gehabt, dass es ihm in seinem Schreibkurs passiert ist, dort hat man sofort Hilfe geholt, er war auch noch ein halbwegs leichter Fall. Während für Herrn Wessling jede Hilfe zu spät gekommen sein muss. Sie weiß ja nichts. Ob es bei ihm auch ein Herzinfarkt war. Oder ein Unfall. Plötzlich und überraschend.

Er hat kurz vorher noch gearbeitet, wirkte völlig gesund, sie hat ihn doch gesehen. Aber was weiß man schon. Ihr eigener Schmerz um Gerhard, fällt ihr ein, könnte vielleicht auch zu einem gebrochenen Herzen führen. Wenn sie ihr Herz nicht schützt. Sie will noch leben. Allein, um Gerhard zu überleben.

Im letzten Gespräch hier in dieser Praxis ist es auch um Gerhard gegangen. Da schwamm sie noch im Glück. Die Erinnerung ist kaum auszuhalten. Kurz danach das demütigende Treffen.

Gemeldet hat Gerhard sich seitdem nicht. Wie auch, er hat ja Schluss gemacht. Na und, das hat er vorher auch schon getan. Ziemlich oft. Sie kamen immer wieder zusammen, konnten nicht ohne einander sein. Dachte sie. Dachte auch, dass er das dachte. Fühlte. Und dann sein Geständnis: Paartherapie! Seit Wochen schon! Mit seiner Frau! Wie konnte Gerhard sich auf so etwas einlassen? Bei wem? Welcher Paartherapeut hat Gerhard das eingeredet, dass Rike »nun mal« die Liebe seines Lebens ist? Er hat es ihr ins Gesicht gesagt, dieses »nun mal« machte nichts besser, eher schlimmer, nichts Beiläufiges war daran, im Gegenteil, dieses hingeworfene »nun mal« hatte etwas Unausweichliches, Schicksalhaftes. Und nein, er hat es ihr eben nicht ins Gesicht gesagt, er hat es dem abgepackten Keks auf seiner Untertasse erzählt, ihn hin und her geschoben, um ihn dann, halb unbewusst, über den Tisch zu reichen, willst du? Was soll das, wollte sie schreien, bietest du mir jetzt einen Keks an statt deiner Liebe? Und was ist das hier eigentlich für ein verdammtes Café, wer serviert denn abgepackte Kekse zum Cappuccino? Der Gedanke an Cappuccino und Kekse war eine winzige Insel der Neutralität, ein Sekundenbruchteil Ruhe, ein Verschnaufen, bevor der Sturm alles wegfegen würde. Sie hat ihn nicht nach dem Namen des Paartherapeuten gefragt, obwohl sie diesem Arschloch am liebsten die Praxis eingerannt, Feuer gelegt, Türen, Fenster, Einrichtung zerschlagen, ach was, ihn gleich umgebracht hätte. Nein, hätte sie nicht. Ihre Wut dringt nie nach außen, ihre Wut schadet nur ihr selbst, sie wird daran ersticken. Das macht man nicht! Das macht man nicht, Lydia! Die Stimme ihrer Tante. Unehelich geboren, von der eigenen Mutter abgeschoben, als sie kaum drei war, bei Tante und Onkel geduldet. Lieblos, rigide, so ist sie erzogen worden, immer in Angst vor Ohrfeigen, Spott, härteren Strafen wie Hausarrest, Nahrungsentzug, alles schon durchgesprochen, durchtherapiert: Das Verlassensein, das Leid, ihre ohnmächtige Wut, ihr Trotz, die Stärke, die sie daraus entwickelt hat, alles schon durch.

Sie ist eine erwachsene Person, die erwachsene Entscheidungen trifft, eine rationale Person, mit einer romantischen, romanischen Seite, die Romanisten liebt, Leute wie Gerhard, der über französische Weine und über französisches Essen schreibt, der durch Frankreich reist, mit dem sie so viel gemeinsam hat. Aber sie ist nun mal nicht die Liebe seines Lebens.

Burkhards Schreiberei hat sie nie ernst genommen. Burkhard ist ein Dilettant. Hat sie das wirklich damals schon gedacht, als sie zusammen waren? Oder hat sie versucht, in seinen Texten irgendetwas zu finden, das sie bewundern, wenigstens anerkennen könnte?

Dieser alte, graue Mann im Krankenhaus.

Er tut ihr leid.

Sie liebt ihn nicht.

Ich liebe dich nun mal nicht, Burkhard. Gerhard ist die Liebe meines Lebens.

Nach der Aussprache mit Gerhard ist sie durch die Straßen geirrt, ihr Körper fühlte sich taub an, was fast angenehm war, sie ging wie unter einer Glasglocke. Am Drugstore ist sie nur zufällig vorbeigekommen. Für einen Moment hat sie hineingehen wollen, wie ein angeschossenes Tier, das sich in einer Höhle verkriecht, ja, diese Kneipe ist eine Höhle, sie hat sie nie gemocht, was für ein Blödsinn, betrinken kann man sich stilvoller. Was sie getan hat. An diesem Abend und am nächsten und übernächsten und in der nächsten Woche und in der übernächsten, und eines Abends, als sie auf Facebook herumsurfte, fiel ihr die Meldung auf: Vertretung dringend gesucht! Sie folgt der Drugstore-Seite noch immer, eher aus Nachlässigkeit, obwohl es so gut wie nie Neuigkeiten gibt, Burkhard hat es nicht besonders mit Social Media. Auch dieser Aufruf war von Freunden eingestellt worden, auf dem Foto wirkten sie ziemlich primitiv, passen also zu Burkhard, hat sie gedacht, sich fies gefunden und ihnen vielleicht genau deswegen geschrieben, aus einem unbestimmten, wabernden Schuldgefühl heraus. Und erfahren, dass Burkhard im Krankenhaus liegt. In Höchst. Kardiologie.

Sich um jemanden kümmern, das kann sie gut, sie hat sich immer gekümmert. Mehr als zehn Jahre lang ist sie Vertrauenslehrerin gewesen. Die Tochter der Alkoholikerin wird sie nie vergessen. Ein begabtes Mädchen, das es irgendwie aufs Gymnasium geschafft hatte, obwohl die Mutter den ganzen Tag am Kiosk stand und abends Männer in die Wohnung brachte. Lydia hat dafür gesorgt, dass das Mädchen da wegkam, Pflegefamilie, später betreute WG. Hat ihr Abi geschafft. Jura-Studentin. Manchmal grüßen sie sich auf Facebook.

Sie kann mütterlich sein, ohne selbst mütterliche Liebe erfahren zu haben. Vielleicht gerade deshalb. Es ist ihre einzige Art, Mütterlichkeit zu erleben oder zu leben, indem sie sie anderen gibt, auch Gerhard, nach dem Sex, wenn sie ihn im Arm hält, im Arm hielt, Sex ist immer sein Trost gewesen, wenn er angefressen war vom Leben. Aber warum, zum Teufel, sollte sie sich um Burkhard kümmern? Burkhard, den großen Schweiger, der davon ausgeht, dass alle schweigen müssten wie er, dass alle so stumpf sein müssten wie er. Mit ihm über Gefühle reden, das hat sie gewollt, damals, über ihre und über seine. Über ihre Partnerschaft. So, wie das Paare tun. Tun sollten. So, wie Rike jetzt mit Gerhard geredet haben muss.

Halt doch einfach mal die Fresse! Wer wäre nach diesem Satz nicht gegangen? Egal, wie oft Burkhard ihn nachher zurückgenommen hat, wie er geflennt und gefleht hat. Das war's. Sie ist weitergezogen, zum nächsten Mann, der sie schlecht behandelt.

Ihr Vater hat ihre Mutter schlecht behandelt. Soll die Mutter geschlagen haben, sie selbst hat keine Erinnerung daran, keine Erinnerung an ihn, an nichts. Sie ist neunundfünfzig. So alt geworden, und immer noch wiederholt sie die Erfahrungen, die sie als Zweijährige gemacht hat oder die vielmehr ihre Mutter gemacht hat. Was ist das denn für ein Leben?

Soll sie diese Frage stellen, jetzt, mitten in Frau Wesslings Schweigen hinein? Oder soll sie Frau

Wessling fragen, ob sie zusammen aus dem Fenster springen wollen? Aus dem ersten Stockwerk.

Sie ist neunundfünfzig. Sex ist schwieriger geworden. Trockenheit. Schmerzen. Eigentlich gar keine Lust. Nur geliebt werden, das will sie noch. Für Männer heißt das Sex. Gerhard. Burkhard. Alle so hart. Witzig. Einfach loslachen, hemmungslos, vor der trauernden Frau Wessling losprusten, sich krümmen vor Lachen. Das Leben ist so lustig. Lebenslust. Warum überhaupt noch mit jemandem schlafen? In ihrem Alter geht man Kaffee trinken. Oder auf Reisen und Seminare, an denen nur Frauen ihres Alters teilnehmen. Oder man besucht einen alten, grauen Mann im Krankenhaus. Einen alten, grauen Mann, dessen Augen aufgeleuchtet haben, als er sie erkannt hat. Ihn hat sie kaum erkannt, eigentlich gar nicht. Aber er hat ihren Namen ausgesprochen. Mehrmals.

»Lydia. Lydia? Lydia!«

»Ja. Ich bin's. Wie geht es dir?«

Wie erwartet, war die Antwort nicht originell, er hat das erzählt, was alle Krankenhauspatienten erzählen, was wann wo wie an ihm gemacht, ersetzt, repariert worden ist oder wird, wo es hingeht, nämlich in eine Reha, und dann hat er ihre Hand genommen, die irgendwie bereitgelegen haben muss: »Bleib.«

»Wo, hier?«

Auch an Burkhards Krankenlager der Lachzwang. Alles so absurd.

»Dass du mich einfach nicht mehr lieben konntest, darüber bin ich nie hinweggekommen.«

Sagte dieser alte Mann, dieser graue, alte, bedürftige Mann. Es klang wie einstudiert. Wie schon mal gehört. Schon mal gedacht. Sie hätte exakt dasselbe zu Gerhard sagen können. Nur im Präsens. Mit ein bisschen Futur: Dass du mich einfach nicht lieben kannst, darüber werde ich nie hinwegkommen.

»Du hast mich beleidigt. Mehr als einmal. Hast du das vergessen? Weißt du, was du mir angetan hast, weißt du, dass ich bei jedem Satz, den ich ausspreche, Angst habe, zu viel zu reden, Angst habe, eine Zumutung zu sein …« Verflucht, aufhören, sie muss aufhören.

»Ich wünsche mir, dass du redest. Ich wünsche mir, deine Stimme zu hören.«

»So ein Unsinn, Burkhard. Du bist krank, das macht dir Angst. Niemand ist gern alt, krank, allein. Aber ich bin nicht deine Krankenschwester.«

Sie ist brutal gewesen, hat es ihm heimgezahlt. Wollte die Tränen sehen, auf diesem grauen, alten Gesicht.

Er hat gelächelt. Sie angelächelt. Seinen Mund, den hat sie immer gemocht.

»Diese Frisur steht dir nicht.«

»Was?«

»Sie steht dir nicht, sie ist zu … Sie passt nicht. Lass die Haare wieder wachsen.«

»Was gehen dich meine Haare an? Was mischst du dich da ein?«

»Ich liebe dich trotz der Frisur. Lieben ist immer trotzdem.«

»Du spinnst, Burkhard.«

»Ja, kann sein. Aber trotzdem.«

»Bei dir ist alles trotzdem, du bestehst ja fast nur aus trotzdem. Wofür soll man dich denn lieben? Für deine Grobheiten? Für deinen Verfall?«

Warum hat er immer noch gelächelt? Was hätte sie denn noch sagen sollen, damit er endlich die Fresse hielt? Es tat gut, diesen Satz zu denken. So gut. Halt die Fresse. Wenn du noch ein Wort sagst, geh ich. Aber sie ist nicht gegangen. Und Burkhard hat geredet, hat gar nicht mehr aufgehört.

»Vielleicht … vielleicht kannst …, könnte …, jemand mich dafür lieben, dass mir andere nicht egal sind? Dass ich mich um die Obdachlosen kümmere, ihnen helfe. Du hast doch auch immer deinen Schülern geholfen. Wir sind beide Menschen, die das können. Wir könnten uns umeinander kümmern.«

Hör auf, hör auf, halt endlich die Fresse und lass meine Hand los. Hat sie nicht gesagt, stattdessen etwas Kälteres, Brutaleres:

»Ich kann mich sehr gut um mich selbst kümmern. Und du wirst es auch wieder lernen.«

Da hat er es ausgesprochen, es klang ganz schlicht. Ganz ehrlich: »Liebe würde helfen.«

Sie hat die Augen zugekniffen. Um nicht zu weinen. Oder um weg zu sein. Oder um Burkhard wegzuzaubern. Aber da ist Burkhards Daumen gewesen, der über ihren Handrücken strich.

Bestimmt eine Stunde haben sie so gesessen. Hand in Hand. Liebe würde helfen. Lass dir die Haare wachsen. Weißt du, wie scheiße du selber aussiehst, Burkhard? Du kannst dir die Haare nicht wachsen lassen. Wir werden zusammen alt, nein, wir sind schon alt, wir werden zusammen immer älter und zusammen scheiße aussehen, du immer noch ein bisschen scheißer als ich. Wir werden gemeinsam verwittern, bis einer den anderen begräbt. Ist das Zukunft? Ist das irgendwas?

Sie müsste Frau Wessling von ihrem Gefühl der Erleichterung erzählen. Es ist bei ihr eingezogen und verschwindet nicht, existiert gleichzeitig mit Schmerz, Wut und Rachewünschen.

Nie mehr bei Elitepartner Profile anklicken müssen. Nie mehr in einem Café oder Restaurant darauf warten, das Desinteresse in den Männerblicken sehen zu müssen, sobald ihnen klar wird, dass sie es ist, mit der sie verabredet sind. Was haben sie sich denn vorgestellt? Sie ist neunundfünfzig, gut, das Foto ist etwas älter und vorteilhaft, aber dennoch keine Lüge.

Nie mehr mit einer Gruppe gleichaltriger Frauen auf Bildungsreise gehen müssen, mit denen, die keiner mehr haben will, die für Jüngere verlassen, weggeworfen wurden, und wohin reist du dann stattdessen mit Burkhard, wieder nach Portugal? Spanien? Madeira?

Sie muss reden. Mit dieser Frau hinter ihr auf dem Therapeutensessel, die jetzt auch zu ihrer Gruppe gehört. Deren Mann ihr das Schlimmste angetan hat, schlimmer als Verlassen. Wirklich? Wenn Gerhard tot wäre, das hat sie schon häufiger gedacht, wäre es leichter, sie könnte trauern. Beim Trauern darf man den Toten auch mal hassen, es gehört dazu. Auch das kann sie nicht sagen, nichts kann sie sagen, wann ist diese Stunde denn endlich zu Ende, warum bewegt sich Frau Wessling nicht, vielleicht ist auch sie gestorben.

Sie dreht sich auf die Seite. Stemmt sich hoch. Füße auf den Boden.

Immerhin, Frau Wessling lebt: »Was ist? Sie … wollen gehen?«

Sie stellt die Füße auf den Boden, erhebt sich gleichzeitig mit der Analytikerin.

»Es hat ja doch keinen Sinn«, sagt sie. Streckt die Hand aus. Frau Wessling ergreift sie zögernd.

»Alles Gute«, sagt sie. Frau Wessling ist wie

erstarrt. Nur einen Moment, dann will sie reden, über Gehen und Bleiben und das Warum.

Lydia schüttelt den Kopf. Geht voraus in den Korridor, erst an der Tür dreht sie sich um.

»Ich muss ins Krankenhaus.«

Bevor Frau Wessling irgendetwas entgegnen oder fragen kann, ist sie schon draußen und zieht die Tür hinter sich zu.

Roseanna

Ro, komm mal her«, ruft Sanne. »Dein Baby ist da!«

»Ja!« Ro geht, nein, hüpft zu Sanne, so sehr freut sie sich. Sanne hat einen großen Karton auf den Tisch gestellt, da ist das Baby drin. Ihr Baby.

»Hol dir eine Schere«, sagt Sanne, dann darf Ro das Paket aufmachen. Ganz vorsichtig nimmt sie das Baby raus. Sein Bauch ist weich. Sanne zeigt ihr, wie sie es halten soll. Immer schön den Kopf stützen. Ro nickt. Sie muss alles richtig machen. Unbedingt. Das Gesicht vom Baby ist so süß, dass Ro ihm gleich einen Kuss gibt. Lisa klatscht in die Hände. Sie steht neben Ro und guckt zu. Nana kommt auch. Und Paul. Im Karton sind auch Windeln und eine Nuckelflasche. Und das Armband, das Ro tragen muss, damit das Baby funktioniert. »Willst du schon anfangen? Oder sollen wir es erst noch in der Kiste lassen, bis Lukas kommt?«

»Nein«, sagt Ro entrüstet. »Baby is doch jetzt da. Kriegt Keinluft in der Kiste.«

»Stimmt«, sagt Sanne und lacht. Ro lacht auch, dann hilft Sanne ihr, das Armband umzubinden, und zeigt ihr, wie sie es an das Baby halten muss. Sobald der Sensor leise piepst, ist das Baby lebendig. Als Erstes bekommt es Windeln. Ro ist so glücklich und aufgeregt, dass ihre Finger zittern. Gar nicht so leicht, mit den Windeln. Und dann noch die Hose. Als sie fertig ist, macht das Baby ein Geräusch. Ro hört sofort, dass es froh ist. Sie nimmt es auf den Arm und trägt es durch den Aufenthaltsraum. Alle kommen und scharen sich um Ro und ihr Baby. »Wie heißt das?«, fragt Fabi. »Mia«, antwortet Ro, ohne zu überlegen. Sie drückt das Baby fest an sich und muss wieder lachen, so froh ist sie. Sie geht mit Mia zum Fenster und lässt sie rausschauen. »Da is der Spieplatz«, erklärt sie ihr. »Wenn du groß bist, spie du da.«

»Wird nich groß«, sagt Fabi und fängt an zu grinsen. »Is nur Puppe.« Ro grinst auch, und dann lachen sie beide. »Abers richtige Baby wird groß«, wendet sie ein und ist noch immer ganz voll von all der Freude.

»Nur wenn du darfst.«

Der Satz klatscht ihr ins Gesicht wie ein kalter Lappen. Dabei weiß sie, dass es stimmt, was er sagt. Trotzdem hat sie nicht das Gefühl, dass er recht hat. Das Baby ist ja da, tief drin in ihrem Bauch, es gehört zu ihr, wie etwas nur zu einem gehören kann. Bloß das Baby selbst kann entscheiden, ob es wächst und auf die Welt kommt oder nicht. Das hat sie auch der Frau erklärt, bei der sie zur Beratung waren. Die fand das gut, das hat Ro sofort gespürt, auch wenn sie natürlich andere Sachen gesagt hat. Aber Mama ist ausgeflippt, ganz plötzlich, dabei ist sie noch nie ausgeflippt. »Und wenn es behindert ist? Wer kümmert sich dann? Du etwa?«

Ro hat sich so erschreckt, dass sie fast zu weinen angefangen hat. »Das wird nich behindert, höchsens besonders«, hat sie entgegengehalten, und da hat Mama ganz laut ausgeatmet, damit jeder merkt, wie scheiße sie das findet.

»Die Wahrscheinlichkeit, dass das Kind behindert auf die Welt kommt, liegt in Ihrem Fall bei ungefähr fünfzig Prozent«, hat die Frau da gesagt. »Das heißt, es könnte auch gesund auf die Welt kommen.« Dabei hat sie Ro ganz aufmerksam angesehen. »Und dann wäre es ein Kind, das ganz schnell Sachen lernen will, die Sie niemals können werden, und Ihr Partner vermutlich auch nicht. Wissen Sie, was das bedeutet?«

»Türlich«, hat Ro ganz fest geantwortet, aber es ist ihr ein bisschen mulmig geworden. Die meisten Leute können mehr als sie, Sachen, die sie nie lernen wird. Ist halt so. Aber ein eigenes Kind, das ist was anderes. Sie hat gespürt, wie enttäuscht das Kind sein könnte, vielleicht sogar wütend, und mit einem Mal war sie ganz verunsichert. »Ich kann gar nich helfen.«

»Genau. Das werden dann andere Menschen tun müssen. So oder so. Das heißt, dass das Kind irgendwann noch andere Eltern braucht, Pflegeeltern, bei denen es leben kann und die ihm zum Beispiel in der Schule helfen können.«

»Ich mach das nicht!«, hat Mama da sofort gesagt, obwohl die Frau sie gar nicht gefragt hat. »Damit das gleich klar ist.« Sie hat es zu der Frau gesagt, aber es war für Ro gemeint, und das war unfair, so was hat Mama noch nie gemacht.

»Viel wichtiger ist erst einmal die Frage, ob Sie das Kind überhaupt austragen können mit Ihrer Muskelschwäche. Ihre Gebärmutter, in der das Kind wächst, ist auch ein Muskel, aber den kann man nicht trainieren. Die Wahrscheinlichkeit, dass Sie die Schwangerschaft überhaupt halten können, ist deswegen extrem niedrig.«

»Was heiß das?«, hat Ro gefragt, weil das alles ein bisschen viel auf einmal war.

»Das heißt, dass eine Fehlgeburt sehr wahrscheinlich ist. Das muss man ganz klar so sagen. Das kann sehr bald, aber auch zu einem späteren Zeitpunkt geschehen. Und je nachdem, wann das passiert, wird das Kind es nicht überleben.«

Da hat Ro nichts mehr gesagt. Weil sie ganz furchtbar traurig geworden ist. Ohne nachzudenken, hat sie die Hände auf ihren Bauch gepresst und sich nichts sehnlicher gewünscht, als das Kind da drin zu beschützen, es festhalten zu können, irgendwie. Auch wenn der Bauch noch nicht dicker geworden ist: Da ist ein Mensch drin, der zu ihr gehört, ein ganz kleiner Mensch noch, aber der soll groß werden und reden, das Baby soll lachen und spielen, und wenn Ro abends in ihrem Bett liegt, dann stellt sie sich das alles vor, und sie weiß jetzt schon, wie es sich anfühlt, die Händchen von dem Kind zu nehmen und auf es aufzupassen und es im Arm zu halten und es zu streicheln und lieb zu haben. Das ist das Allerwichtigste, das Liebhaben, das weiß sie, da ist sie sich ganz sicher, auch wenn sie ansonsten nicht so viel weiß wie die anderen. Aber mit dem Liebhaben kennt sie sich besser aus, alle im Heim kennen sich besser damit aus. Sagt auch Sanne. Ihr seid Experten fürs Liebhaben, da macht euch keiner was vor.

Das hat sie dann am Abend auch zu Mama gesagt, als sie alle zu Hause waren. Auch Mia war da. Ordentlich Mühe hat sie gehabt, die Wörter rauszukriegen, aber es war so wichtig, dass sie es geschafft hat. »Ich schaff das. Ich bin Espertin fürs Liebhaben, macht keiner was vor. Liebhaben ist das Wichtigste für Kinder.«

Da hat es gekracht, aber doll. »Na prima, du musst es ja wissen!«, hat Mama sie angeschnauzt und ihr Wasserglas so fest auf den Tisch geknallt, dass der Boden abgesprungen ist und alles voller Scherben und Wasser war. Mia hat nur ganz still geguckt, aber Ro hat gewusst, dass Mia keine Angst gehabt hat, sie hat sich gefreut. Das hat Ro genau gewusst.

»Scheiße«, hat Mama gerufen und ist aufgesprungen, um eine Küchenrolle zu holen, und dann hat sie das Wasser aufgewischt und die Scherben in ein Papier gewickelt. »Hilft mir vielleicht mal einer?«, hat sie gemeckert, aber Ro und Mia haben nur dagesessen und sie angestarrt. »Natürlich nicht, ich mach ja immer alles alleine. Und da willst du ein Kind großziehen, ich glaub's einfach nicht!«

»Mama!«, hat Mia da gesagt, ihr die Scherben aus der Hand genommen und sie in den Mülleimer geworfen, wahrscheinlich hat sie Angst gehabt, dass Mama damit irgendwas Dummes macht. Als Mia sich wieder hingesetzt hat, hat sie Ro einen Blick zugeworfen, so einen, bei dem Ro sich immer ganz stark und sicher fühlt. »Wieso lässt du sie's nicht einfach probieren?«

»Weil dann alles an mir hängen bleibt, wie immer. Außerdem ist das eh totaler Blödsinn, weil sie die Schwangerschaft wahrscheinlich nicht halten kann, das kriegt sie rein körperlich überhaupt nicht hin.«

»Na also«, hat Mia da gesagt und mit den Schultern gezuckt, »dann ist es doch eh egal. Dann kann sie ja auch einfach so lange schwanger bleiben, bis es von selbst weggeht. Ich verstehe nicht, wo das Problem ist.« Jetzt hat Ro gestaunt. Weil auf einmal alles andersrum war: Mia hat geredet wie Mama und Mama wie Mia, als wäre Mama jetzt das Kind.

»Meine Güte, wie redest du denn?«, hat Mama auch sofort geschimpft. »Das ist ein Mensch, nicht irgendein Ding.«

Das fand Ro auch, aber da hat Mia schon ganz listig geguckt: »Genau, Mama. Danke schön. Ein Mensch. Gut, dass du's merkst.«

»Was soll denn das schon wieder heißen?«

»Du willst es doch wegmachen lassen. Am liebsten sofort. Dabei weißt du noch nicht einmal, ob es wirklich Trisomie hat.« Sie hat Ro noch so einen Blick zugeworfen. »Ro hat total recht. Das Kind weiß selbst, ob es leben kann oder nicht. Vielleicht wird es ein toller Mensch. So einer, der das hinkriegt mit dem Verstehen und mit der Liebe.«

»Mia, es reicht!«

Da hat Ro sich wieder eingeschaltet. »Ich geb ganz viel Liebe«, hat sie gesagt. »Dann wird das ein toller Mensch. Wer kein Liebe kriegt, is nicht toll. Kann ich sehen.«

»Liebe.« Mama hat gestöhnt, die Ellbogen auf den Tisch gestützt und den Kopf in den Händen versteckt. Dann hat sie wieder Ro angeschaut. »Das reicht aber nicht! Wer kümmert sich dann um alles andere?«

»Ich«, hat Mia da ganz ruhig gesagt.

»Du?«

»Genau. Ich bin bald einundzwanzig. Erwachsen. Wir machen das zusammen. Okay, Ro?«

Als Ro kapiert hat, dass Mia das ernst meint, hat sie vor lauter Freude zu lachen angefangen. Mia. Klar. Mia kann so was. Mia kann alles.

Ganz langsam hat Mama angefangen, den Kopf zu schütteln. »Ihr habt sie ja nicht mehr alle.« Dann ist sie aufgestanden und rausgegangen, und Ro hat Mia angeschaut, und auf einmal war alles gut. So richtig gut, weil auch Mia jetzt nicht mehr krank sein würde, das hat Ro gewusst. Das Kind macht Mia gesund, das hat sie gewusst, und sie hat Mia umarmt, ganz fest, und eine Weile haben sie dagesessen und sich im Arm gehalten. »Du bist Mama eins und ich bin Mama zwei«, hat Mia ihr ins Ohr geflüstert.

»Und Lu ist der Papa«, hat Ro ergänzt. »Der hat das auch lieb.«

»Genau. Ihr macht das ganz richtig. Wenn alle so wären wie ihr, gäb es bestimmt keinen Krieg auf der Welt.«

Ein paar Tage später sind sie zur Frauenärztin gegangen. Die war zuerst ganz komisch, hat mit

Mama dauernd von was geredet, was Ro nicht verstanden hat, aber zum Glück war Mia dabei und hat gesagt: Eine Abtreibung kommt nicht in Frage. Die Ärztin war total überrascht, hat Mama angeschaut und was von Vormund gesagt, dann musste Ro sich auf eine Liege legen. Ro hat genau gespürt, dass Mia jetzt der Chef ist und Mama sich nicht traut, etwas dagegen zu sagen.

Die Ärztin hat mit Ultraschall in ihren Bauch gesehen. Zuerst war alles nur grau, aber dann kam ein schwarzer Fleck auf den Bildschirm, und den hat die Ärztin vergrößert, bis man das Kind sehen konnte. Ro hat sich fürchterlich erschreckt. »Kopf is viel zu groß!«, hat sie gerufen.

»Nein, keine Sorge, das ist ganz normal in diesem Stadium«, hat die Ärztin gesagt. »Der Kopf wächst in der ersten Zeit schneller als die anderen Körperteile, das gleicht sich später wieder aus. Alles ganz unauffällig.«

»Und wegen der Trisomie?«, hat Mia gefragt.

»Das schaue ich mir jetzt genauer an.« Die Ärztin hat Linien über das Ultraschallbild gezogen. »Die Größe des Kopfs ist im normalen Bereich, der Rumpf auch. Und das Herz schlägt gut und kräftig, schauen Sie.« Tatsächlich konnte man etwas klopfen sehen, und Ro bekam ein Gefühl, das so riesig war, dass sie kaum Luft gekriegt hat.

»Nacken ist so weit unauffällig, Rücken auch. Das ist natürlich keine Garantie, eine eindeutige Diagnose bekommen wir erst durch die genetische Untersuchung.« Sie hat kurz Ro, dann Mama angesehen und ein bisschen gezögert, ehe sie weitergesprochen hat. »Also, bei einer Schwangeren ohne Chromosomenstörung würde ich jetzt von einer normalen Entwicklung ausgehen.«

»Hey, cool«, hat Mia gesagt, aber Ro hat Mama angeschaut und gesehen, dass ihr das überhaupt nicht gepasst hat. So, als wollte sie lieber, dass das Kind auch Trisomie hat.

»Mama will das weghaben«, hat sie später zu Mia gesagt.

»Hm, ja, kann sein.« Mia hat genickt.

»Kann Mama das bestimmen?«

»Ich weiß es nicht, Ro. Aber das kläre ich. Versprochen. Wir fragen jemanden vom Heim, der das garantiert weiß. Ich kann mir aber nicht vorstellen, dass sie dich zwingen kann, es wegzumachen. Das ist euer Kind, Ro, von dir und Lukas.«

In der Nacht hat Mia bei Ro im Zimmer übernachtet, das war schön, und am nächsten Morgen hat Mama Ro wieder ins Heim gebracht, und Mia in die Klinik. Mama weiß noch nicht, dass Mia aus der Klinik rauswill. »Weißt du, was betreutes Wohnen ist, Ro?«, hat sie Ro leise gefragt, als sie in Ros Zimmer im Bett lagen.

»Ja. Is wie im Heim, aber in einer Wohnung.«

»So ungefähr. Vielleicht machen wir so was, Ro. Wir wohnen zusammen, du passt auf das Kind auf und ich helfe dir.«

»Aber du hast immer Angst.«

»Nein, Ro.« Eine Weile hat sie geschwiegen. »Es ist seltsam, aber ich weiß, dass ich dann keine Angst mehr hätte. Keine Ahnung, warum, aber ich weiß es. Aus der Klinik muss ich eh raus, wenn ich einundzwanzig bin. Und wenn wir 'ne WG aufmachen, dann bin ich endlich zu was nutze. Wäre doch gut, oder?«

»Supergut.«

»Dann machen wir das so, Ro. Abgemacht?« Und sie hat ihr im Halbdunkel die Hand hingehalten, damit Ro Check geben konnte.

Jetzt steht Ro mit dem Puppenbaby auf dem Arm am Fenster vom Aufenthaltsraum und wartet, dass der Bus aus der Werkstatt kommt und Lu nach Hause bringt. Lu freut sich total auf das Baby. Er streichelt Ros Bauch und redet mit dem Kind und sagt, dass er später mit ihm Fußball spielen wird. »Und wenn das ein Mädchen wird?«, hat Ro ihn gefragt, aber da hat Lu gesagt, dass er das total bescheuert findet, dass Mädchen nicht Fußball spielen sollen. Lu spielt auch Fußball, sie haben eine eigene Mannschaft im Heim, und manchmal trainieren sie sogar mit Profis. Es gibt ganz viel, was Lu mit seinem Kind machen will. Aber jetzt müssen sie erst mal zusammen üben.

Ro ist jetzt in der siebzehnten Schwangerschaftswoche. Seit ungefähr zwei Wochen weiß sie, dass das Kind in ihrem Bauch ein Junge ist und dass er keine Trisomie hat. Und wahrscheinlich auch sonst nicht behindert ist. Ro weiß auch, dass es auf der ganzen Welt bloß eine einzige Frau mit Trisomie gibt, die es geschafft hat, ein Kind zu kriegen. Falls Ro es schafft, kann es sein, dass sie ein bisschen berühmt wird und Leute kommen und sie fotografieren wollen. Mit der Babypuppe übt sie, wie man ein Baby pflegt. Lu schläft jetzt jede Nacht bei ihr im Zimmer, damit er sich auch um das Puppenbaby kümmern kann, das jede Nacht schreit. Es ist ziemlich anstrengend, aber auch schön, weil sie immer, wenn das Übungsbaby wieder eingeschlafen ist, eng aneinandergekuschelt liegen.

Ro geht jetzt nicht mehr zur Arbeit, sie muss sich schonen und aufpassen, dass das echte Baby in ihrem Bauch bleibt. Vielleicht wird sie bald im Bett liegen müssen, so lange, bis das Baby auf die Welt kommen kann. Vor dem Rumliegen graust ihr ein bisschen, weil das so langweilig ist, aber Ella aus der Werkstatt hat versprochen, dass sie kommt und Ro beibringt, wie man häkelt oder strickt. Dann kann sie eine Babydecke für das

Kind machen, aus der Wolle, die der Mann ihr neulich geschenkt hat. Der wusste, dass sie ein Baby bekommt, obwohl es sonst niemand gewusst hat. Ro hätte ihn gern gefragt, woher er das wusste, aber er ist nie wieder in die Werkstatt gekommen.

Mia besucht sie oft, auch wenn sie kaum Zeit hat. Sie macht jetzt den Führerschein und geht wieder in die Schule, für ihr Fachabitur. Wenn das Baby kommt, kriegen Ro und Lu ein größeres Zimmer, in dem auch für das Baby Platz ist. Fürs Erste bleiben sie im Heim wohnen, bis entschieden wird, ob Ro das Baby behalten darf oder ob es in eine Pflegefamilie muss. Daran will Ro überhaupt nicht denken, aber die Beraterin vom Jugendamt hat gesagt, dass sie das machen, was für das Kind am besten ist. Und dass sie ihr Kind dann trotzdem sehen und Zeit mit ihm verbringen kann.

Mia hat gesagt, dass sie kämpfen wird. Damit Ro das Kind behalten darf, aber manchmal weiß Ro gar nicht, ob das wirklich so gut ist. Manchmal hat sie auch Angst. Sie denkt an die Kinder im Kindergarten, in dem sie früher war, die alles besser konnten als Ro, obwohl sie viel jünger waren. Anfangs haben sie ihr geholfen, aber nach einer Weile war es ihnen zu blöd, und Ro blieb allein mit der Erzieherin. Sie wollte trotzdem mitspielen und ist immer wieder zu den Kindern hin, aber die haben sie weggeschickt. Daran erinnert sie sich noch genau, das hat weh getan. Als sie dann ins Heim kam, war es viel besser. Da hat sie niemand weggeschickt, alle haben sich gefreut, dass sie da war. Eigentlich, denkt Ro, kommt es nur darauf an, am richtigen Ort zu sein. Das Heim ist der richtige Ort für Ro, denn bei Mama konnte sie nicht bleiben. Mia auch nicht. Aber Mia muss ihren richtigen Ort noch finden. Ro ist so froh, dass Mia endlich angefangen hat, zu suchen.

Alexander

Hat der Hund Angst?«

Schon wieder die beiden.

»Wieso?«, fragt er zurück und sieht den Jungen direkt an. Der Hund presst sich fester an sein Bein. Gleich wird er winseln.

»Weil er so zittert«, sagt der Junge.

»Ach, das tut sie immer.«

»Oh, eine Sie?«, fragt die Frau, und dreht sich mitten im Satz plötzlich weg.

Er nickt.

»Yoko«, sagt er.

Aber ich nenne sie nie so, ich nenne sie nur Hund. Komm her, Hund. Sitz, Hund. Bei Fuß, Hund. Halt's Maul, Hund. Dort, wo ich herkomme, haben die Hunde keine Namen. Dort werden die Hunde getreten. Nicht immer und nicht von jedem, aber oft. Es gibt einfach zu viele.

All das sagt er nicht. Schiebt nur den Hut zurück. Zerrt an der Leine.

»Na komm«, sagt er.

»Yoko«, sagt der Junge und geht vor dem Hund in die Hocke. Der Hund fiept.

»Wie Yoko Ono.« Er sagt es zu der Frau, die sich ihnen wieder zugewandt hat und in ihre vorgehaltene Hand hineinatmet. Jetzt fällt ihm ein, dass sie genau das schon einmal getan hat, bei einer früheren Begegnung. Sie hat ihn nach der Uhrzeit gefragt und sich sofort danach auf die gleiche plötzliche Weise wie eben weggedreht und dabei die Hand vor den Mund gehalten, das ist noch ganz am Anfang gewesen, wann, vor vielleicht drei Monaten, alles war noch so neu, so erschreckend sauber und still.

»Darf ich sie streicheln«, fragt der Junge.

Er kommt nicht dazu, es ihm zu erlauben, der Junge tut es einfach, und die Frau lächelt. Erst jetzt fällt ihm auf, wie schief ihr Gesicht ist. Ein festgefrorener Ausdruck, erstarrtes Unglück.

»Sie ist aus dem Tierheim«, sagt er. Der Hund hört endlich auf, sich an sein Bein zu pressen und schmiegt sich in die Hand des Jungen.

»Yoko«, sagt der Junge, »he, Yoko, ist ja gut«, er lacht, und die Frau lacht mit.

»Er will schon die ganze Zeit einen Hund, aber seine Mutter erlaubt es nicht.« Drehung, Hand vor den Mund, es muss ein gut geölter Mechanismus sein. Er mag Leute mit Tics. Mag überhaupt Leute, die nicht so breitbeinig im Leben stehen.

Der Junge krault den Hund hinter den Ohren. Als er kurz aufhört, leckt Yoko ihm die Hand.

»Beiß mir bloß nicht den Finger ab«, sagt der Junge.

»So was tut sie nicht«, sagt er. »Jedenfalls nicht, soweit ich weiß.«

Die Frau sieht ihn einen Moment erschrocken an, dann zieht wieder das Lächeln über ihr Gesicht.

»Dann hättest du ja eine gute Ausrede, wenn du mal wieder nicht geübt hast«, sagt sie zu dem Jungen.

Der Junge schaut zu ihnen auf, grinsend, er hat Grübchen, und ein bisschen Flaum auf der Oberlippe.

»Jetzt klingst du wie eine Klavierlehrerin«, sagt er.

Kurz kommt ihm die Situation vollkommen absurd vor. Unwirklich. Als wären sie alle zusammen in einem Traum. Wer von ihnen ihn träumt, weiß er nicht. Vielleicht die Frau. Der Junge ist noch zu kindlich.

Und er selbst träumt ganz anders.

Seine Träume bestehen aus Fratzen, aus Schreien, aus etwas, was sich entzieht und wiederkommt, nach ihm schnappt, und manchmal fühlt etwas sich schlaff an, in seinen Händen, das ist das Schlimmste, er schreit.

Er hat in Bulgarien geschrien, in Rumänien, Moldawien, Armenien, immer wieder im Schlaf geschrien. Manchmal passierte es, während er neben einer Frau lag. Die Frauen beruhigten ihn, ohne sich zu wundern. Sie kennen das, Männer, die nachts schreien, und oft denkt er, dass er nicht hierhergehört, nicht in diesen Park und nicht in die Einliegerwohnung seiner Schwester, sondern dorthin, wo es normal ist, nachts zu schreien.

»Komm, Yoko«, sagt er. »Wir müssen weiter.«

Der Junge steht auf. Die Frau sieht ihn an, als wüsste sie genau, dass er nirgendwohin muss. Er nicht und Yoko nicht. Sie drehen immer nur ihre Runde im Park und kehren zurück in die Wohnung.

Alles ist ihm zu hell dort. Zu hell und zu groß. Auch das Bett. Ein Ehebett, nur eine Seite ist bezogen. Er hat sein eigenes Bad, mit Dusche, die Küche im ersten Stock teilt er mit seiner Schwester und seinem Schwager. Die Einliegerwohnung ist eigentlich für die Polin gedacht. Die Polin für später, die Pat und Jürgen einmal pflegen soll. Viel später, das versichert ihm seine Schwester immer wieder, du kannst hier noch lange wohnen, wir sind doch gerade erst sechzig.

Warum Polin, hat er fragen wollen, warum keine Rumänin oder Moldawierin, Ukrainerin, Albanerin? Der Osten ist groß und weit. Er hat nicht gefragt, nichts gesagt. Der Osten von Pat und Jürgen ist anders als seiner, besteht aus geführten Reisen nach Petersburg, Budapest, Bratislava; linksliberale Bildungsreisen von der Lehrergewerkschaft. Jürgen erzählt gern von den Dolmetscherinnen. So freundlich, klug, gebildet. Und hübsch, fügt Pat dann jedes Mal hinzu. Sie darf das sagen, Jürgen nicht. Junge Frauen mit abgeschlossenem Studium, zurechtgemacht, geschminkt, im Minirock.

Alle wollen herkommen, alle. Alte Leute pflegen, auch wenn sie zu Hause Lehrerin oder Informatikerin waren. Wenn man in einem heruntergekommenen, verpesteten Ort lebt, hilft es nichts, Informatikerin zu sein. Seine Schwester und sein Schwager wissen nichts von diesen Orten, und er erzählt ihnen auch nichts davon. Er erzählt nichts, nichts, nichts. Er nimmt. Er nimmt alles, was sie ihm geben, die Wohnung in ihrem Haus, den Hund. Jürgen muss sein Wohlwollen und Verständnis für ihn jeden Tag neu aufbauen, er spürt es genau, aber Pats Liebe ist unerschütterlich. Die große Schwester, der kleine Bruder. Pat und Ali. Die Älteste, der Jüngste. Mehr als zehn Jahre Altersunterschied, er ist der Nachkömmling, der Jüngste von vieren, und Pat ist das Beste, was es in seinem Leben gibt, er weiß es, er weiß es doch.

Von seinem Fenster in Pats Wohnung kann er die Taunushügel sehen. Bei gutem Wetter scheinen sie ganz nah zu sein. Aber er weiß, wie weit es ist, der Grüngürtel hier hinter Hausen und Praunheim ist weitläufig, bestimmt vier Kilometer liegen zwischen Stadt und Taunus.

Immer noch unbebaut. Nichts scheint sich geändert zu haben.

Seit er hier ist, treibt es ihn. Nur mal schauen. Nur mal schauen, ob sie noch steht. Ein einziges Mal, nur mal schauen, er hat einen Hund, und Hunde brauchen Auslauf. Yoko kann weit laufen. Yoko würde sich freuen, durch den Grüngürtel zu laufen, unter der Autobahnbrücke durch und ein Stückchen weiter bergauf, bis dahin, wo man einen Blick hat über die Stadt. Und genau dort steht die Bank. Wenn sie noch steht. Es weiß ja niemand davon.

Kleine Schritte, Pat wird nie müde, es zu wiederholen. Denk dran, kleine Schritte. Geh mit Yoko durch den Park, das reicht, bis ihr euch aneinander gewöhnt habt. Und bis du dich an alles gewöhnt hast. Versprichst du mir das?

An den Wochenenden machen Pat und Jürgen Ausflüge mit ihm. Sie fahren mit dem Auto, fahren hinaus, in den Rheingau, den Odenwald, nach Franken. Altstädte. Wald. Gartenlokale. Einmal eine Radlergruppe, Rennradfahrer, sie schwärmten hinein in den Gastgarten. Wie laut Radler sind; es ist ihm erst da aufgefallen, immer beschäftigt, sie trinken, wischen den Schweiß ab, die Brille, nehmen den Helm ab, setzen die Kopfbedeckung auf, diese Stoffschläuche, die es damals schon gegeben hat, als er selbst Rennrad fuhr, sie ziehen die Trainingsjacke über das Trikot, beim Fahren schwitzt du, beim Halten frierst du, Rennradfahrer sind empfindliche Wesen. Er kennt es genau. Er hatte einmal einen Keller voller Fahrräder, das war in einem anderen Leben. Wie viele Räder er besaß, weiß er nicht mehr genau, zwei oder drei Mountainbikes, ein Tourenrad, ein Singlespeed, ein Fixie, drei oder vier Rennräder. Er war im Radsportverein. Jeden Tag Training. Wettkämpfe. Dreimal in der Woche Gruppenfahrt. Treffen in der Stadt, dann über den Grüngürtel in die Berge. Sie alle ähnelten einander mit ihren Sonnenbrillen und Helmen, schwarzgrau, oben weiß. Jetzt sind die Helme oben neongrün, leuchtorange, die Trikots ätzgelb oder schreiend rot, insgesamt leuchten die Radfahrer viel stärker als früher, auch die Mountainbiker. Im Wald sind sie von weitem zu hören, krachen durch das Unterholz wie Wildschweine auf der Brunft. Leuchtende Wildschweine.

Auf seinen Runden durch den Park erzählt er Yoko davon. Nur in Gedanken. Erzählt von den leuchtenden Wildschweinen. Erzählt, dass er die Radfahrer nicht mehr kennt, sich selbst nicht mehr erkennt als der Radfahrer, der er einmal gewesen ist. Sobald er stehen bleibt, drückt Yoko sich winselnd gegen sein Bein. Als wollte sie sagen: Weiter, erzähl mir alles. Alles. Du hast doch viel mehr zu erzählen. Beinahe aggressiv klingt ihr Winseln, und er möchte sie treten. Er tut es nicht. Er denkt: Pass bloß auf, sonst murks ich dich ab. Dann ist sie still.

Sie kommen öfter in den Park. Die Frau heißt Hanne. Der Junge Tobi. Hanne ist nicht nur Tobis Klavierlehrerin, sie hilft ihm auch bei den Hausaufgaben. Mit den Heften und Büchern sitzen sie auf der Bank gleich am Eingang. Er muss an ihnen vorbei, wenn er kommt oder geht, und jedes Mal stürmt Yoko auf Tobi zu. Gewinsel, Gestreichel. Und Hundekekse. Tobi hat sie bei einem Tierfutterladen im Internet bestellt.

»Darf ich? Garantiert kein Zucker, nur Proteine, Getreide und Fett«, sagt Tobi, und Yoko schnappt und schlingt. Tobi streichelt. Und gibt ihr noch einen Keks.

Er lässt zu, dass der Junge mit dem Hund über die Wiese rennt. Bringt beim nächsten Mal sogar eins ihrer dummen Quietschtiere mit, der Junge wirft es und Yoko stürzt sich darauf, immer wieder von vorn, Gebell, Gequietsche, Tobi lacht. Das tue ihm gut, sagt Hanne, er habe lange Zeit nur in seinem Zimmer gesessen und Computerspiele gespielt. Sie schiebt die Bücher und Hefte zur Seite, damit er sich setzen kann. Wie jedes

Mal zögert er kurz, er sitzt nicht gern auf Bänken. Seine Narbe juckt unter dem Hut, juckt so sehr, dass er den Hut herunterreißen will, sofort. Aber er beherrscht sich. Er kann sich beherrschen. Setzt sich und schiebt den Hut etwas weiter in den Nacken. Manchmal fragen ihn Leute, warum er den Hut nie absetzt. Er spürt, dass auch Hanne gerne fragen würde, versucht, ihr zuvorzukommen: Ob sie denn auch hier in der Nähe wohne? Gleich darauf bereut er die Frage, zu aufdringlich vielleicht, es klingt fast, als ob er etwas von ihr will.

Sie schüttelt den Kopf.

»In Bockenheim. Aber ich möchte umziehen. Die Wohnung ist zu teuer. Und zu groß. Und … Und du?«

Er erzählt, dass er noch nicht lange hier sei, gerade erst zurück von einer Reise.

»Was für eine Reise?«

»Ach, weit. Und lang.«

»Ah. So. Wie lang?«

»Sechs Jahre.«

»Oh. Und vorher?«

Pats Freundinnen und die Bekannten von Pat und Jürgen fragen nie nach dem Vorher, wollen immer nur alles über die Reise wissen. Nein, wie mutig! Deine ganzen Möbel verkauft und einfach mit dem Rad losgefahren, erzähl mal, wo warst du überall? Und schnell stellt sich heraus, dass sie immer genau davon geträumt haben: Freiheit und Reisen. Das Gespräch landet über kurz oder lang bei ihren Sehnsüchten. Er hört zu, hat nichts dagegen, Anlaufstelle für Träume zu sein.

»Vorher war ich am Flughafen. Ein ganz guter Job.«

Hanne sagt nichts, nickt nur. Vielleicht will sie nicht dauernd fragen.

Auf einmal kommt er ins Reden, erzählt ihr, dass er Quereinsteiger war, nach ein paar Semestern Germanistik. Ferienjob, hängengeblieben, er hat sich hochgearbeitet. Dass er schon als Junge gern Abenteuerbücher gelesen hat, sogar das erzählt er ihr.

»Der Flughafen hatte auch etwas Abenteuerliches. Ich war bei einer privaten Firma, mein Chef hatte eine Marktlücke entdeckt, Flugabwicklung zweier Airlines, die noch nicht im Gesamtpaket abgewickelt wurden, man musste organisieren können.«

»Und das konntest du?«

»Nicht so besonders.«

»Und deshalb wolltest du abhauen? In dein eigenes Abenteuer?«

»Vielleicht«, sagt er und bemerkt aus dem Augenwinkel, dass auf der Wiese etwas vor sich geht. Ein Mann, dick und in Bermudashorts, hat sich vor Tobi aufgebaut und redet auf ihn ein, Yoko winselt.

»Yoko! Bei Fuß!«

Er ist aufgesprungen, steht mitten auf dem Weg. Der Dicke dreht sich zu ihm. »Ach, der Hund gehört Ihnen? Sie wissen schon, dass Hunde auf der Wiese verboten sind? Oder können Sie nicht lesen?«

Er sieht den Dicken nur an. Steht und sieht ihn an. Yoko kommt und drückt sich an sein Bein. Tobi folgt, das Quietschtier in der Hand. Ein zerbissenes Gummihuhn.

»Warum gehen wir mit ihr nicht woandershin, wo sie rennen kann?«

»Tobi«, sagt Hanne nur, »es ist nicht dein Hund.«

Der Dicke geht weiter und schimpft dabei vor sich hin.

Er versucht, einen Scherz zu machen, sagt, okay, so ein Spaziergang auf Parkwegen sei vielleicht für einen Hund wie für einen Menschen der Hofgang im Knast, aber besser als nichts. Tobi, das Huhn in der Hand, sagt empört: »Aber sie ist nicht im Knast! Sie ist doch nicht mehr im Tierheim!« Hanne sagt noch einmal: »Tobi.« Sonst nichts. Aber die Frage ist da, scheint über ihnen zu schweben: Wie kommst du darauf, warst du mal im Knast?

Nur auf Bewährung.

Das Schlimmste ist, dass er keine Erinnerung hat. Nur an etwas Schlaffes unter seinen Händen, etwas schrecklich Schlaffes. Zu sich gekommen ist er durch Nebel, da hatten sie ihn schon sediert, gefesselt war er, angeschnallt an das Bett. Davon träumt er auch oft, dass er sich bewegen will, nicht kann, und um ihn herum sind nur Tote, Zombies, es gibt keine Sprache. Zu sich gekommen, was für eine Formulierung. Er ist nie wieder zu sich gekommen, hat nie mehr zurückgefunden, nichts vorgefunden.

Manchmal stellt er sich vor, er könnte Hanne davon erzählen. Hanne hat ihre eigenen Wirrnächte, ihre Albträume, er sieht es ihr an. Ihre Schiefheit. Und wie das Lächeln plötzlich ihr Gesicht aufräumt: So müsste es sein. Aber so, wie es sein müsste, ist es nie.

Kennst du den Grüngürtel, Hanne, bist du dort schon mal gewesen? Unter der Autobahn durch und dann immer bergauf, Richtung Taunus. Ich weiß nicht, ob sie noch dort steht. Die Bank. Unsere Bank. Ich hatte den schönsten Platz ausgesucht, der noch zu haben war, auf der kleinen Anhöhe. Einer aus dem Radsportverein hatte seinen Eltern eine Bank mit Widmung geschenkt, ein anderer seinem Schwager, der so gern wandert. So bin ich darauf gekommen. Eine Bank. Mit unse-

ren Namen. Sobald die Bank fertig war, bin ich hinaufgefahren. Sie war frisch gezimmert, und das Schild glänzte. Ihr Name. Mein Name. In schwarzer Schrift auf Gold.

Ich war so glücklich.

»Und du heißt wirklich nur Ali?«

Sie stehen an der Theke beim Italiener, dort, wo Hanne und Tobi immer die Pizza holen. Er ist mit Yoko mitgegangen, damit sie einmal etwas anderes sieht, eher riecht, andere Nachrichten an den Straßenecken erschnüffeln kann.

Er nickt, ja, er heiße so. Ali. Die Narbe juckt.

»Und du«, fragt er. »Johanna?«

Sie schüttelt den Kopf. »Leider nicht. Als Kind hab ich meinen Namen nicht gemocht, weil er so unvollständig war. Ich mag keine unvollständigen Namen. Jan zum Beispiel.«

Ihr Gesicht nimmt diesen festgefrorenen Ausdruck an und sie fügt schnell hinzu: »Oder Tim oder Kai. Oh … entschuldige. Das heißt nicht, dass ich deinen Namen …«

Sie hat sich ihm zugewandt, nur für einen Moment, dreht sich sofort wieder weg.

»Ist schon okay Wenn du willst, dann nenn mich einfach Ali-Uwe. Oder Ali-Josef.«

»Geht auch Ali-Baba? … ach nein, tut mir leid, ich wollte nicht …«

»Wieso«, sagt er, »ich bin kein Muslim.« Sie sehen zu, wie der Wirt mit der langen Stange in den Ofen fährt und erst eine Pizza herausholt, dann die andere. Eine Cipolle und eine Michele Spezial. Pizzeria da Michele, so heißt der Laden, ein Fake-Italiener, behaupten Pat und Jürgen, in Wirklichkeit Russen-Mafia. Die gemalte Meeresküste auf dem Bild hinter der Theke sieht tatsächlich nicht nach Adria aus. Odessa? Irgendwas an den gezeichneten Steinstufen kommt ihm bekannt vor, er spricht den Wirt auf Russisch an.

Kurz darauf haben sie zwei Gläser Rotwein vor sich. Der Wirt heißt Mikhaylo. Ein Ukrainer aus einem Kaff an der ukrainisch-slowakischen Grenze, wie sich herausstellt, er spricht Russisch, Ukrainisch, Slowakisch, Griechisch, ein wenig Italienisch und Deutsch. Sie reden, Hanne hört zu, obwohl sie nichts versteht, Tobi, hinter ihnen am Tisch, isst Pizza. Irgendwann gehen die beiden, er und Yoko bleiben.

Mikhaylo könnte er seine Geschichte erzählen, Mikhaylo würde seine Geschichte aushalten. Sie würden Slowakisch miteinander sprechen. Und Hanne würde neben ihm sitzen und mit ihm Rotwein trinken und zuhören.

Ich habe auf den richtigen Moment gewartet, um ihr von der Bank zu erzählen. Jeden Tag, auf dem Rückweg von der Arbeit, bin ich hinauf in den Grüngürtel, um nachzusehen, ob noch alles in Ordnung war. Als das erste Mal jemand daraufsaß, wusste ich, dass ich nicht mehr lange warten durfte. Es war ein alter Mann, er stand bald auf, weil ich die ganze Zeit in seiner Nähe blieb, mit dem Rad auf dem Weg hin und her fuhr. Niemand sollte unsere Bank entweihen, kein anderes Liebespaar durfte sich dort küssen, ich fing an, sie zu bewachen. Immer öfter fehlte ich bei der Arbeit, weil ich schon morgens dorthinfuhr. Ich habe mich nie daraufgesetzt, bin nur auf dem Weg hin und her gefahren, habe gewartet, wusste, der richtige Moment würde kommen.

Einmal verabreden sie sich abends bei Mikhaylo. Wer von ihnen zuerst gefragt hat, Hanne oder er, weiß er nicht, sie kamen darauf, es ergab sich, dass sie sich dort treffen und Wein trinken, ohne Yoko, ohne Tobi, und Hanne fragt, und er erklärt ihr alles, was es mit den zusammengewürfelten Volksgemeinschaften an der slowakisch-ukrainischen Grenze auf sich hat, und wie wenig die Mitglieder dieser Gemeinschaften voneinander wissen. Auch er weiß mehr darüber als Mikhaylo, der immer wieder an ihren Tisch kommt und ihnen einen Raki aufnötigt, typisch italienisch, sagt Hanne und schiebt ihr Glas zu ihm herüber. Die Narbe juckt. Irgendwann setzt er den Hut ab, fast ohne es zu merken.

Später bringt er Hanne zum Bus. Er hat den Hut wieder aufgesetzt, sie hat nichts gesagt. Der Bus kommt, und Hanne zögert, nur einen Moment, er spürt ihr Zögern und die Angst, die ihr dieses Zögern einjagt, und die Angst, die er selbst vor diesem Zögern hat. Nein, nicht, lass den Bus nicht wegfahren, bitte steig ein. Kleine Schritte.

Erst als er den Bus nur noch von hinten sieht, winkt er.

Warum ich so lange gezögert habe? Weil sie so heikel war mit Geschenken. Nein, das war nicht der einzige Grund, aber es war ein Grund, doch, einmal habe ich ihr ein Rennrad geschenkt, ihr eins bauen lassen. Der Rahmen türkis, ihre Lieblingsfarbe. Ich habe ihr nie gesagt, wie teuer es war. Es blieb immer im Keller, sie mochte keine Räder, mochte keinen Sport, warum verbringst du so viel Zeit damit, was hetzt dich denn? Oder hast du da bei deiner Gruppe eine heimliche Freundin?

Sie hatte nie einen Grund zur Eifersucht, und sie wusste das, ich wollte doch nur zu ihr, immer nur zu ihr, ich war nur Radsportler geworden, weil sie mich weggeschickt hat, zu nah, zu nah, immer war ich ihr zu nah. Nein, Zusammenleben, das halte ich nicht aus, nein, nicht mit dir. Sie hat es nicht ausgesprochen, aber ich wusste, dass sie das meinte, du bist nicht der Richtige. Deshalb die Rennradsportgruppe, und dann konnte ich nicht mehr aufhören. Erst nur ein einziges Fahrrad, siehst du, ich fahr weg von dir, ich kann von dir wegfahren. Dann zwei. Drei. Mountainbikes, Rennräder. Mit dem Rad zu ihr. Mit dem Rad nachts noch nach Hause, wenn sie mich wegschickte. Ich wohnte ja allein. Ich wohnte allein, sie wohnte allein. Jeder von uns allein, eigenständig, aber wir hatten die Schlüssel, die Schlüssel zu unseren jeweiligen Wohnungen.

Er wird die Adresse nie vergessen, weiß Straße, Hausnummer, Stockwerk. Gallus. Nahe am Bahnhof, kein gutes Viertel damals. Heute gentrifiziert, hat Pat ihm erzählt. Er kann es nicht beurteilen, er geht nicht dorthin. Er sucht die Straße bei Google Maps. Die Straße ist ein dünner, weißer Strich, der von dem breiten gelben Strich der zweispurigen Straße abgeht. Einbahnstraße. Ein paar Kneipen eingezeichnet, Messer und Gabel in einem orangefarbenen Kreis. Er könnte Streetview einschalten. Lieber nicht, noch nicht. Der Laptop ist ein Geschenk von Pat. Ein gefährliches Geschenk. Die freien Abende sind schlimm. Die Abende, an denen er mit zitternden Fingern vor der Tastatur sitzt, bis er aufsteht und flüchtet, zu Mikhaylo. Sie reden Russisch und Slowakisch. Reden von Orten, die sie beide kennen. Auch Mikhaylo fragt nach seiner Reise, so wie Hanne gefragt hat, aber es ist schwer, davon zu erzählen, es gibt keine Chronologie mehr in seinem Hirn, in keiner Hinsicht.

Zuerst war das Rad weg, dann das Zelt, oder war es umgekehrt, ich weiß es nicht mehr, die Tage gleichen sich unterwegs.

Man vergisst so viel, aber das Hirn hat alles gespeichert, es ist da, alles noch da, in unseren Reaktionen. Yoko, du duckst dich und winselst, Hanne, du drehst dich weg, Mikhaylo, du zuckst zu oft zusammen, und ich, ich schreie nachts und bin angriffsbereit. Zu oft überfallen worden unterwegs, ja, aber vor allem das Vorher hat sich eine grelle Bahn gegraben, dafür reicht einmal. Einmal Hände um den Hals legen, schütteln, nur Körperverletzung, keine Waffe im Spiel, deshalb kein Knast. Psychiatrie. Und Bewährung. Drei Jahre Bewährung, Wiedergutmachung, dafür ist das ganze Geld draufgegangen, das ich für die Räder bekommen habe, alle Räder habe ich verkauft, nur ein einziges behalten, bin arm losgefahren, ganz arm und durchgedreht, im Osten fällt das nicht weiter auf.

Ich darf ihren Namen nie mehr nennen. Das hat sie so gewollt. Und das war das Letzte, was sie mir mitgeteilt hat, sie hat es mir durch ihren Anwalt ausrichten lassen. Ich darf mich ihr nicht nähern, der Abstand in Metern ist juristisch festgelegt, das mit dem Namen allerdings lässt sich nicht festlegen, man kann einem Menschen nicht verbieten, den Namen eines anderen zu nennen, zu denken, in den Wind zu rufen. Ich weiß aber, ich darf ihn noch nicht einmal denken, sie möchte ausgelöscht sein aus meinem Leben. So wie ich aus ihrem gelöscht bin.

Hannes Exfreund heißt Jan. Wie oft sie seinen Namen denkt, weiß er nicht, fragt auch nicht. Dafür fragt sie: Ob er sich die Narbe auf seiner Reise geholt habe. Nein, sagt er, vorher.

»Ein Unfall?«

»Ja«, sagt er. Und dann: »Jetzt weiß ich, warum du Kurznamen hasst.«

»Ich würde gern wissen, wann das aufhört mit dem Hass«, sagt Hanne, und diesmal dreht sie sich nicht sofort danach weg.

Heute ist es voll bei Mikhaylo, weil es regnet und niemand draußen sitzt. Es ist schwül im Raum, und er würde sich gern an der Narbe kratzen, sich hemmungslos kratzen, bis Blut kommt.

Sie: Würgemale am Hals. Geschüttelt. Traumatisiert. Er: Hämatome, wahrscheinlich von Tritten. Ich: Abschürfungen, gebrochene Finger, blau an-

geschwollene Augen, nur noch Schlitze, gebrochene Nase, Gehirnerschütterung. Platzwunden am Kopf, die habe ich mir nachher geholt, irgendwo draußen, wo man mich gefunden hat, mit dem Rad gestürzt. Und die andere Wunde am Kopf, eine Schnitt- oder Risswunde, von der niemand weiß, woher sie kommt.

Keine Erinnerung an Schmerzen, an irgendwas.

Pat weiß noch, was er selbst vergessen hat: den Namen der Straße, wo er gefunden wurde. Eine Seitenstraße von der Frankenallee, nicht allzu weit von der Wohnung, zu der er den Schlüssel hatte. Scherben überall, mittendrin er, Flaschenscherben, auch andere Scherben, vielleicht von einem Autoscheinwerfer. Das Rad war kaputt, jemand muss darübergefahren sein, mehrmals vielleicht.

Nein, ich habe sie nicht im Bett überrascht, es war alles ganz zivilisiert. Ich bin direkt von unserer Bank gekommen, der Moment war da, endlich da, ich musste es ihr sagen, ich spürte es, bin nicht erst nach Hause gefahren, um zu duschen, sondern gleich von der Bank aus zu ihr. Es war später Nachmittag, ich habe nicht aufgeschlossen, sondern geklingelt, und sie hat geöffnet. Der Mann lehnte am Herd. Zwischen ihnen war etwas schrecklich Vertrautes. Sie hat ihn mir vorgestellt und mich ihm vorgestellt, Alex, ein Freund, und Christian, ein Freund, aber Moment, ich bin doch dein Freund, dein Liebster, seit sieben Jahren schon, und ich will dir von unserer Bank erzählen, dir unsere Bank zeigen, und ich sah, dass dieser Christian auch kurz vor einem Aber war: aber, aber, aber, als ob er ein Recht auf ein Aber hätte, da hat es mich durchzuckt, das war es, was den Kurzschluss hervorgerufen hat, so haben sie es später genannt, zu meiner Entlastung: Kurzschluss, der Kurzschluss hat mich aus meinem Körper herauskatapultiert, und der Rest passierte einem anderen.

Der andere ist durch das Viertel gerast, ein Wahnsinniger mit blutenden Händen. Hätte Christian den anderen nicht getreten, geschlagen, von ihr weggezerrt, sie wäre tot. Ich weiß genau, der andere hätte nicht abgelassen.

Der Notruf von Christian ging laut Polizeibericht um 17.52 Uhr ein, sie haben sofort einen Krankenwagen geschickt.

In der Verhandlung hat Christian angegeben, ihr fester Freund zu sein. Aber ich weiß genau, sie hat »ein Freund« gesagt.

An diesen Abenden, wenn Pat und Jürgen unten fernsehen oder, noch schlimmer, bei Freunden sind und er allein am Laptop sitzt, ist er kurz davor, einen Namen einzugeben. Christian Federmann. Vielleicht sind sie verheiratet, miteinander, vielleicht ist jeder von ihnen mit jemand anderem verheiratet oder sie sind tot oder fort. Nicht aufzufinden. Vielleicht haben beide andere Namen angenommen, neue Identitäten.

Er bringt Hanne wieder zum Bus, diesmal verpassen sie ihn. Es regnet nur noch schwach. Hanne sagt, sie würde ein Stück laufen, sie laufe gern, besonders nachts. Er würde ein Stück mitlaufen, falls sie das nicht störe, sagt er, nein, das störe nicht, sagt Hanne. Sie laufen schnell. Schweigen dabei. Nach zwei Stationen holt der nächste Bus sie ein. Diesmal zögert Hanne nicht, bevor sie einsteigt. Und er winkt, als der Bus abfährt.

Er könnte Hanne fragen, ob sie vielleicht einmal zusammen wandern gehen. Mit dem Hund. Noch nicht jetzt, irgendwann. Zieh dir feste Schuhe an, könnte er sagen, es sind ein paar Kilometer. Unter der Autobahn durch und dann weiter bergauf, du glaubst nicht, wie weitläufig dieser Grüngürtel ist.

Sie würden die Bank schon von weitem sehen. Sie würden davor stehen bleiben, das Schild lesen: Nina und Alexander, für immer. Vielleicht fände Hanne es romantisch. Vielleicht eher kitschig. Oder albern.

Nina und Alexander, das klingt fast wie ein russisches Zarenpaar. Der Satz käme nicht von Hanne, käme aus ihm heraus, auch das Lachen, er müsste sich beherrschen, sonst würde es ihn schütteln. Er kann sich beherrschen. Yoko weiß das.

Vielleicht wäre das Schild beschlagen oder verdreckt. Vielleicht würde einer von ihnen beiden es abwischen. Sie würden sich setzen. Sich anlehnen. Schweigen. In Hannes Schweigen würden unausgesprochene Fragen liegen. Hin und wieder käme ein Radfahrer vorbei. Yoko würde sich fest an ihre Beine drücken. Sie müssten nicht reden. Nicht gleich. Hanne hat Leerräume, in die man Gedanken fallen lassen kann.

Tobias

Zwei. Zwei, zwei, zwei, zwei, zwei, zwei, zwei. Während der gesamten Busfahrt sagt er es in Gedanken vor sich hin, immer wieder, als könnte er damit etwas anschieben, in Gang setzen: Zwei!, aber nichts passiert. Er könnte ebenso gut fünf sagen, oder sechs, im Ergebnis wäre es dasselbe. Was natürlich nicht stimmt, im Ergebnis wäre es genau das Gegenteil, aber anfühlen würde es sich gleich. Nämlich gar nicht. Er fühlt keine Freude, keine Erleichterung, absolut nichts. Mit einer Drei wäre er sitzen geblieben, es war verdammt knapp, aber mit der Zwei in Mathe kriegt er den Fünfer in Deutsch weg. Und was wäre gewesen, wenn? Er versucht sich vorzustellen, dass *Nicht versetzt* unter dem Zeugnis stünde, dass er die Achte wiederholen müsste, stellt sich den ersten Schultag nach den Ferien vor, die neue Klasse, lauter Babys, aber auch der Gedanke lässt ihn kalt.

Die Ansage im Bus nennt seine Haltestelle, er bringt es nicht fertig, die Hand auszustrecken und den Haltewunschknopf zu drücken, was, wenn er einfach weiterfahren würde, aber kurz darauf hat jemand den Knopf gedrückt, und der Bus hält. Tobias steht auf, hängt seinen Rucksack über die Schulter und steigt aus. Ohne Eile geht er den Weg, den er jeden Tag geht. Als er an der Döner-Pizzabude vorbeikommt, fällt ihm auf, dass er sich zur Feier des Tages eigentlich eine Pizza gönnen müsste, aber er hat keinen Appetit und sowieso nicht genug Geld dabei. Er kramt seinen Schlüssel aus der Jackentasche und sperrt die Haustür auf, lässt den Rucksack fallen und streift die Schuhe ab, dann steht er einen Moment unschlüssig in der Diele. Eigentlich hat er Durst, aber er geht trotzdem nicht in die Küche, sondern ins Wohnzimmer. Er könnte sich aufs Sofa legen, Cornflakes essen und chillen. Für eine Weile steht er am Fenster und schaut auf die Straße, die daliegt wie tot, kein Auto, kein Fußgänger, als wäre er der einzige Mensch auf der Welt. Er beschließt, so lange stehen zu bleiben, bis jemand vorbeigeht oder -fährt, aber es tut sich nichts, eine Ewigkeit lang, schließlich fliegt ein Vogel durch den Garten und landet auf dem Briefkasten. Tobias entscheidet, dass das ausreicht, und wendet sich ab, lässt den Blick durchs Zimmer wandern, über den Esstisch, vorbei am Klavier, die Bücherwand entlang, zum Sofa, stellt sich vor, er wäre wirklich der letzte und einzige Mensch auf der Welt. Was würde er tun? Vermutlich gar nichts, wozu auch.

Dann hört er die Stille. Ein dünnes, feines Summen in seinen Ohren, das sofort aufhört, wenn er an seinem T-Shirt kratzt. Sechs Wochen. Jetzt spürt er etwas, einen Druck in seinem Hals, kein gutes Gefühl. Sechs Wochen minus eine, da fahren sie in die Türkei. Und wieso bloß eine Woche, hat er Mama gefragt. Na hör mal, weißt du, was das kostet? Fast dreitausend für uns beide! So viel? Er war echt überrascht. Sie hat mit den Schultern gezuckt. Robinson Club, das kostet eben. Dafür ist alles inklusive. Und wieso muss es Robinson Club sein? Keine Antwort. Aber dann hat er sich an das Gespräch erinnert, das sie mit ihrer Freundin Alex geführt hat, ein paar Wochen zuvor, die beiden haben im Wohnzimmer gesessen und Wein getrunken, er hat sich in der Küche etwas zu trinken geholt und dabei mitbekommen, wie Alex vom Robinson Club geschwärmt hat. Ist echt super, wenn man allein ist, da lernst du garantiert jemanden kennen. Er hat null Lust auf diese Türkei-Nummer. Am liebsten hätte er Mama gesagt, dass sie allein fahren soll, sich das Geld für ihn sparen kann, dann würde es für zwei Wochen reichen, da kann man noch mehr scheißverdammte Jemands kennenlernen. Hat er natürlich nicht gesagt. Es liegt sowieso nicht am Geld. Mama verdient genug, arbeitet ja dauernd, kriegt außerdem noch Unterhalt für ihn, und er hat im Internet den Club gecheckt, in den sie reisen, eine Woche mehr wäre locker drin gewesen.

Für einen Moment bereut er, Papa abgesagt zu haben. Er und Paula haben ein Haus gemietet, an der Nordsee, Juist, Papa bleibt zwei Wochen, Paula und die Zwillinge sogar drei, er hätte mitfahren können, aber das hat er nicht fertiggebracht. Als Papa angerufen und ihn gefragt hat, hat er bloß ein Nein gebrummt, und auf Papas Frage, warum nicht, keine Antwort gegeben. Was hätte er sagen sollen: Dass er keinen Bock hat auf drei Wochen Urlaub mit dieser Bilderbuchfamilie? Drei Wochen Sandburgenbuddeln mit zwei Kleinkindern, die den ganzen Tag Papa zu seinem Vater sagen, mit einer Selbstverständlichkeit, die einfach zum Kotzen ist? Er mag Paula, und er mag auch Clara und Ben, sie sind süß, aber wenn er nur an sie denkt, steigt etwas in ihm auf, das er natürlich sofort runterschluckt. Undenkbar, auch nur eine Woche Urlaub mit ihnen zu machen.

Er dreht sich um und verlässt das Wohnzimmer, geht die Treppe nach oben. Eigentlich müsste er mal aufs Klo, aber er steuert in sein Zimmer, stellt den Computer an, obwohl er gar keine Lust hat zu spielen, er tut es automatisch, so wie er es jeden Tag tut. Vor einiger Zeit hat er den Schreibtisch ans Fußende des Bettes geschoben, damit er vom Bett aus zocken kann. Mama hat natürlich

Theater gemacht: Kein Wunder, dass du nichts auf die Reihe bekommst, wenn du deinen Schreibtisch nie benutzt, nun könnte er ihr triumphierend das Zeugnis unter die Nase halten, aber er hat ihr noch nicht mal eine Nachricht geschrieben. Hätte er eigentlich machen müssen, aber jetzt, wo er drüber nachdenkt, fällt ihm auf, dass sie auch nicht gefragt hat. Obwohl sie genau weiß, wann heute Schulschluss war und dass er das Zeugnis bekommen hat. Vielleicht will sie es gar nicht wissen, sie hat ja sowieso nicht geglaubt, dass er es schafft. Er kramt sein Handy aus der Hosentasche und schickt Papa eine Nachricht. Versetzt. Dann schaltet er den Schlafmodus ein. Er hat absolut keine Lust auf einen Anruf. Sechs Wochen minus eine. Er wird zocken, und sie wird nichts dagegen sagen können, das Zeugnis ist seine Waffe, und die meiste Zeit ist er sowieso allein.

Er legt das Handy zur Seite, zieht die Decke ans Kinn. Was, wenn er einfach nicht mehr aufstünde? Verschwinden würde? Vielleicht sollte er das tun. Verschwinden, das Wort gefällt ihm. Auch das Wort Abhauen kommt ihm in den Sinn, wie er es einmal als Kind benutzt hat, als er total genervt war von seinen Eltern, er muss fünf oder sechs gewesen sein, keine Ahnung mehr, worum es ging, aber er war noch nicht in der Schule, so viel weiß er noch. Damals hat er tatsächlich seinen Kindergartenrucksack genommen und wollte türmen, wie im Pappbilderbuch, das Mama ihm immer vorgelesen hat, bloß dass er keinen Teddy, sondern seine Taschenlampe reingepackt hatte und sich deswegen unheimlich equipped vorkam. Sie haben nach ihm gesucht, erst im Garten, wo er sich supermutig hinter den Tannen versteckt hatte, obwohl die so gruselig waren, dann auf der Straße, und er erinnert sich noch an ihre Stimmen, die immer panischer wurden, bis er schließlich aus seinem Versteck kam und sie ihn beide so fest umarmt haben, dass er beinahe keine Luft mehr gekriegt hat. O Mann, gleich muss er heulen, aber das geht auf keinen Fall, es gibt Dinge, an die darf man einfach nicht denken, also nimmt er wieder sein Handy und scrollt durch die YouTubes, die ihm angezeigt werden. Er sieht sich ein paar Gamings an, kriegt aber trotzdem keine Lust zu spielen. Der Traum von neulich hängt ihm noch nach, in dem er erst ganz normal gespielt hat, zusammen mit ein paar Typen, mit denen er wirklich oft spielt, sie haben gegen einen Squad gekämpft, aber im Traum war er plötzlich einer von den anderen, nur dass es außer ihm selbst niemand gewusst hat, weil er den Skin hatte, den er nun mal hat, und da hat er im Traum fürchterliche Panik bekommen, dass es jemand bemerken könnte. Mitten in der

Nacht ist er aufgewacht und konnte nicht mehr einschlafen, war total fertig.

Er geht wieder runter in die Küche, öffnet den Kühlschrank, bloß noch H-Milch, damit schmeckt das Müsli ekelhaft, auch auf Tiefkühlpizza hat er keine Lust, obwohl er den ganzen Tag noch nichts gegessen hat. Er weiß, dass das ziehende Gefühl in seinem Bauch Hunger ist, aber es stört ihn nicht, er trinkt einen Schluck Wasser, danach weiß er nicht weiter. Er betrachtet den Toaster und die Kaffeemaschine, die dastehen wie tot, bis sie am nächsten Morgen für einen Moment wieder wach werden, und er stellt sich vor, in genau so einen Standby-Modus zu fallen, einfach hier stehen bleiben, strumpfsockig, mitten in der Küche, ohne etwas zu fühlen oder tun zu müssen, einfach dastehen, während die Zeit weiterläuft. Wieder überkommt ihn dieses Scheißgefühl, das er neuerdings immer öfter hat und bei dem er jedes Mal losheulen könnte, ohne zu wissen, warum. Auf der Straße bewegt sich immer noch nichts. Was, wenn er sich einfach dort hinlegen würde? Quer auf die Straße, und am Abend ist immer noch niemand gekommen, um ihn zu überfahren, was für ein beschissener Witz. Sein Blick fällt aufs Klavier. Und wenn er üben würde? Ein total absurder Gedanke, er übt nie in den Ferien, aber erstaunlicherweise findet er ihn jetzt gar nicht so schlecht. Er setzt sich, sortiert seine Finger, die ersten Takte kann er auswendig, den Mittelfinger von der Linken aufs C. Als der Ton kommt, zuckt er zusammen, er kann regelrecht spüren, wie er die Stille zerschlägt, sie eliminiert wie mit einer Waffe. Er schlägt das C nochmals an, dann das E, ganz langsam und bedächtig, er horcht, wie sie sich ausbreiten, nacheinander, G, C, eine Armee, die sich aufstellt, breite Front gegen die Stille, die keine Chance mehr hat, E, G, C, E, er muss sie nur in der richtigen Weise nebeneinanderstellen, fünf Töne, sie einfach so oft wiederholen, bis sie perfekt dastehen. Je öfter er es macht, desto verblüffter ist er über die riesigen Unterschiede, die sich ergeben. Nach einer Weile klingt es beinahe so, wie es soll, und er macht sich mutig an die zweite Truppe, dann die dritte, beinahe dieselbe Aufstellung, bloß dass er beim H anfangen muss. Er stellt sich vor, ein General zu sein, der vor seinen Kämpfern steht und sie so lange drillt, bis er mit ihrer Performance zufrieden ist. Was, wenn er das ganze Stück auf diese Weise befehlen würde, es sind schließlich immer bloß fünf Töne pro Truppe, fünf Töne, sechs Wochen, und am Ende der Ferien hätte er die ganze Armee in Stellung gebracht. Oben auf dem Klavier liegt das blaue Notenbuch, bestimmt einen Zentimeter dick, und das ist nur der erste Band, wie kann ein Mensch so viel komponieren?

Er schlägt es auf, zählt die Truppen, 32, plus das Ende, 32 Truppen für 42 Tage, dann nimmt er die nächste Fünfertruppe in Angriff, hört sogar seine eigene Stimme, die »Los, aufstellen« sagt, und kommt sich auf einmal unendlich blöd vor. Er wünschte, Hanne wäre da. Stellt sich vor, dass sie neben ihm auf ihrem Stuhl sitzt, so komisch zur Seite gebeugt, wie sie es immer macht, als hätte sie Angst, ihm zu nah zu kommen. Macht sie auch bei anderen so, das hat er schon öfter bemerkt, als sie zusammen Pizza essen und spazieren waren. Immer, wenn jemand mit Hanne spricht, scheint ihr Körper Angst zu kriegen, obwohl sie ganz normal redet. Ob sie auch Ferien macht? Eigentlich weiß er gar nichts von ihr, außer, dass sie mal mit Mama befreundet war, sie sich aber jetzt irgendwie nicht mehr zu mögen scheinen, zumindest Mama zieht manchmal über Hanne her, auch wenn sie das vielleicht gar nicht merkt. Als sie neulich von verschluderten Existenzen gesprochen hat, da hat sie »wie Hanne« hintendrangesetzt. Er hat sofort das Bedürfnis gehabt, sie zu verteidigen. Wieso darf sie mir Klavierstunden geben, wenn du sie nicht leiden kannst, hat er gefragt. Mama ist gleich ausgeflippt. Wer sagt denn so was, dass ich sie nicht leiden kann? Es wäre sinnlos gewesen, mit ihr zu diskutieren, also hat er es sein lassen, sich später aber geärgert, dass er nicht gefragt hat, was Mama unter einer verschluderten Existenz versteht, doch daraus wäre garantiert ein Streit geworden. Stattdessen hat er versucht, darüber nachzudenken, aber alles, was ihm eingefallen ist, war, dass Mama immer ganz genau weiß, wie etwas zu sein hat, während Hanne so wirkt, als wüsste sie das überhaupt nicht. Er überlegt, was ihm lieber ist. Und dann fragt er sich, was passieren würde, wenn er Hanne einfach besucht. Er schüttelt den Kopf. Total bescheuert, in den Ferien seine Klavierlehrerin zu besuchen. Wozu denn? Um eine Cola bei ihr zu trinken? Er stellt sich vor, wie er bei ihr klingelt, hey, hier ist Tobias, ich wollte fragen, ob du Lust auf einen Spaziergang hast. Wirklich total bescheuert. Er hat ja nicht einmal eine Ahnung, wo sie wohnt. Dann fällt ihm ein, dass Mama ihm mal Hannes Kontakt geschickt hat, damit er eine Stunde absagt, was er dann extra vergessen hat, weil es ihm zu blöd war, seine Klavierlehrerin anzurufen. Damals hat er sie noch gesiezt. Mama schreibt immer alles in ihre Kontakte rein, nicht nur die Telefonnummer, sondern auch Adressen und Geburtstage und wie der Ehepartner heißt und die Kinder und sogar, was ihr derjenige zum Geburtstag geschenkt hat.

Er nimmt sein Handy und scrollt durch den Chat mit Mama, muss endlos viele alte Nachrichten laden, bis er den Eintrag tatsächlich findet. Hanne Martini HM. Er tippt auf die Adresse, schaut sich die Karte an. Er müsste den Bus nehmen, in der Gegend kennt er sich kaum aus. Und wenn sie nicht da ist? In der Diele liegt noch sein Schulrucksack, er kippt den Inhalt aus, lässt nur sein Portemonnaie und sein Deo drin und legt das Handy dazu. Draußen ist es noch wärmer geworden, er fühlt die Sonne angenehm auf den schwarzen Stoff seines T-Shirts brennen. Als er am Pizzaladen vorbeikommt, winkt Mikhaylo ihm zu, er ist gerade dabei, seine Markise herunterzukurbeln. Tobias grüßt zurück und geht weiter. Die Straße kommt ihm seltsam vor, wie aus einem anderen Leben, das er nicht kennt, vielleicht, weil er sonst um diese Zeit nie hier ist, sondern immer in der Schule. Im Bus sitzt ihm ein Paar gegenüber, das Persisch miteinander spricht. Er sieht aus dem Fenster, damit die beiden nicht merken, dass er versucht, sie zu verstehen. Hin und wieder schnappt er ein Wort auf, doch er könnte nicht einmal sagen, worüber sie reden. Als er ganz klein war, hat Papa versucht, ihm Persisch beizubringen, aber viel ist nicht draus geworden. Jetzt ist er manchmal traurig, dass er es nicht kann, dabei wäre es so einfach gewesen, aber Mama wollte das nicht. Viel später, als sie längst getrennt waren, hat er sie mal gefragt, warum sie immer darauf bestanden hat, dass sie Deutsch miteinander reden, vor allem in der Öffentlichkeit, Kindergarten, Supermarkt, und sie hat geantwortet, dass es wichtig sei, erst eine Sprache richtig zu lernen, bevor man eine zweite lernt, aber er hat gespürt, dass es nur eine vorgeschobene Antwort war. Er kennt viele aus seiner Schule, die zweisprachig aufgewachsen sind, keiner von denen kann deswegen schlechter Deutsch, im Gegenteil. Die brutale Wahrheit, da ist Tobias sich sicher, ist die, dass Mama sich für Papa schämt. Für seine Sprache, seine Nationalität, seine Herkunft. Wieso hast du ihn eigentlich geheiratet, hat er mal gefragt, aber nie eine Antwort bekommen. Er selbst sagt immer, mein Vater ist Perser. Nicht Iraner, weil das für die meisten Leute schlimm klingt, so schlimm wie Krieg oder Terrorismus. Persisch dagegen klingt schön, nach Musik, Teppichen und Kultur. Theoretisch ist er selbst Perser, auch wenn Mama immer darauf besteht, dass er nur die deutsche Staatsbürgerschaft hat. Aber Papa ist Iraner, und er hat ihm erklärt, dass im Iran die Staatsangehörigkeit automatisch vom Vater auf die Kinder vererbt wird, also auch auf Tobias, obwohl er in Frankfurt geboren wurde und nie im Iran gewesen ist.

Das persische Paar steigt an derselben Haltestelle aus wie er. Beim Aufstehen bemerkt er, dass die Frau schwanger ist, und er fragt sich, welche Nationalität dieses Kind haben wird und ob es je im Iran leben, was es überhaupt für ein Leben haben wird, aber dann muss er auf die Map schauen, und dabei verschwindet das Paar aus seinen Gedanken. Zwei Straßen weiter steht er vor dem Haus. J. Ruland / H. Martini steht auf dem Schild, er hat nicht gewusst, dass sie mit jemandem zusammenwohnt, der Typ von den Spaziergängen ist es jedenfalls nicht, der heißt Ali. Tobias fragt sich, ob er wirklich klingeln soll und ob J. für Johannes oder für Juliana steht. Jens, Jutta, Jeremias, Jana, in dem Moment öffnet sich die Tür, eine ältere Frau erscheint, lächelt ihn an und hält ihm die Tür auf. Ohne nachzudenken, bedankt er sich und geht ins Haus. Und jetzt? Im Treppenaus hängen Briefkästen und stehen Fahrräder, langsam geht er die Treppe nach oben, betrachtet die Wohnungstüren, vier pro Etage, vor einigen stehen Schuhe, vor einer eine ganze Batterie von Windlichtern in Laternenform, eine Tür im zweiten Stock ist mit einem Schild beklebt: Hier wohnt Familie Rauscher, im dritten Stock steht eine Tür offen. Er schaut hinein, sieht gestapelte Kisten und einen zusammengerollten Teppich im Flur. Und dann sieht er Hanne. Mit einer Kaffeetasse in der Hand erscheint sie, sieht irgendwie fertig aus, und einen Augenblick schauen sie sich wortlos an, dann sagt sie seinen Namen. »Wolltest du mich besuchen? Das finde ich aber nett. Komm rein.« Zögernd durchquert er den Flur. »Ziehst du um?« Sie schüttelt den Kopf. »Nein, das heißt, ja, demnächst werde ich umziehen müssen, aber ich weiß noch nicht, wohin.« Und nach einer Pause sagt sie, mit einer Kopfbewegung in Richtung der Kisten: »Das gehört meinem Exfreund, der ist schon ausgezogen, das ist noch der Rest, den er abholen müsste.« Sie holt tief Luft. »Tut er aber nicht.«

Tobias kann spüren, wie traurig Hanne ist. Aber er spürt auch, dass sie sich freut, ihn zu sehen. Vielleicht gerade wegen ihrer Traurigkeit.

»Wieso holt er seine Sachen nicht ab? Braucht er sie nicht mehr?«

»Keine Ahnung. Er ist verschwunden.«

»Verschwunden? Abgehauen?« Er beißt sich beinahe auf die Zunge, weil er das gesagt hat, aber Hanne scheint es nichts auszumachen.

»Keine Ahnung. Erst ist er ausgezogen, zu einer anderen Frau, und dann hat diese Frau mich irgendwann angerufen und gefragt, ob er bei mir wäre. Offenbar ist er morgens zur Arbeit gefahren und nicht wiedergekommen. Keiner weiß, wo er ist.« Hanne schüttelt den Kopf. »Und die Frau ist schwanger. Aber komm, was erzähle ich, willst du was trinken?«

»Hm, jo«, sagt er unschlüssig und folgt ihr in eine Küche, die ganz anders aussieht, als er sich Hannes Küche vorgestellt hätte, wenn er sich je

Gedanken darüber gemacht hätte. Eine steingraue Designerküche, total clean, ohne Griffe an den Schränken, die Geräte sind Spiegel, ohne Knöpfe dran. Das Bemerkenswerteste sind aber die Sachen, die hier stehen: Ein Blumenstrauß, der aussieht wie selbstgepflückt, in einer getöpferten braunen Oma-Vase; ein Körbchen aus geblümtem Stoff mit einer braun gewordenen Banane und zwei Orangen darin, ein Stapel Bücher, keine Kochbücher, sondern Romane. Und eine orangefarbene Thermoskanne aus Plastik. Hanne öffnet einen der Schränke und holt ein Glas heraus. »Apfelschorle?«, fragt sie.

»Gern. Ist es okay, dass ich gekommen bin?«, hört er sich fragen, als wäre es vollkommen normal, so eine Frage zu stellen.

»Klar«, sagt sie, »ich freue mich. Letzter Schultag heute, was?« Dann bekommt ihr Gesicht einen Schreck, sie sieht ihn an, als würde sie sich gerade eine weitere Frage verkneifen.

»Jo«, sagt er und nickt. »Hab ne Zwei in Mathe, bin versetzt.« An ihrem Gesicht sieht er, dass es die richtige Antwort auf die Frage war, die sie sich nicht zu stellen getraut hat.

»Klasse! Gratuliere. Freut mich riesig für dich.« Sie guckt, als würde sie sich wirklich freuen. »Hey, weißt du was? Wir sollten das feiern. Hier um die Ecke gibt es auch eine Pizzeria, nicht so gut wie

Mikhaylo, aber okay Wir könnten uns was holen und damit an den Main gehen, das ist nicht weit, da setzen wir uns ins Gras und genießen die Sonne, was meinst du?«

Pizza, Sonne, Main. Er starrt Hanne an, nickt, und plötzlich passiert es: Er fängt an zu heulen. Wie ein Baby. Und dann nimmt Hanne ihn in den Arm.

Gerhard

Was nimmst du?«, fragt er, und schaut dabei auf ihre Hände, die die Getränkekarte halten. Sie hat wunderschöne Hände, zart, feingliedrig und sehr gepflegt. Sie sehen aus, als würde alles, was sie damit tut, präzise getan werden. Präzisionshände. In seinen erotischen Phantasien spielen Hände eine wichtige Rolle. Er bedauert, dass sie ihm zur Begrüßung nicht die Hand, sondern ihre Wange entgegengestreckt hat, links, rechts, dazu ein gedehntes Hi, als kennten sie sich schon lange. Dabei ist ihm diese erste, flüchtige Berührung enorm wichtig, er will den Geruch der Frau aufnehmen, oder etwas, was darunterliegt, irgendwelche Lockstoffe, die man nicht riecht, die aber ihre Wirkung tun. Wenn es daran hapert, kann man es gleich lassen.

»Rotwein«, sagt sie und klappt die Karte zu. »Den Rioja.«

Er sieht auf, sieht in ihr Gesicht, das auch etwas Feines hat, ausgesprochen hübsch ist sie, noch hübscher, als die Bilder es erahnen ließen. Er spürt Euphorie in sich aufsteigen.

»Nimm den Syrah, der ist erstklassig«, sagt er. »Großartiges Weingut, nicht so eine Massenware, der Wirt kennt den Winzer persönlich.«

»Aha«, sagt sie etwas ratlos und schaut erneut in die Karte. Er weiß, dass der Syrah der teuerste Rote auf der Karte ist. »Du bist natürlich eingeladen.«

Sie schaut ihn kurz an, dann wieder in die Karte, klappt sie schließlich zu. »Ich nehme trotzdem lieber den Rioja. Ich möchte keinen Wein trinken, der aus Chile herangeschifft wird, das finde ich unverantwortlich.«

»Okay«, sagt er und lässt es wie eine Frage klingen. »Sehr idealistisch.« Für einen Moment spürt er den Impuls, mit ihr über Nachhaltigkeit im südeuropäischen Massenweinbau zu diskutieren oder sie zu fragen, wohin sie in den Urlaub fliegt, lässt es aber bleiben und gibt stattdessen die Bestellung auf. »Ein Gutteil der Weine in meinem Weinkeller kommt übrigens aus Übersee. Bin ich jetzt einer von den Bösen?« Er grinst, so schelmisch er kann, um die Sache nicht aus dem Ruder laufen zu lassen.

»Ach, wenn's nur der Wein ist …« Ihr Blick, zwischen prüfend und furchtsam, ruht einen Moment auf ihm, rutscht dann zur Seite ins Nirgendwo. Der Wirt bringt die Getränke, sie bedankt sich mit einem Lächeln. Er hätte Lust, ihre Hand zu halten.

»Bekomme ich auch so ein Lächeln?«

Sie sieht ihn an, als verstehe sie sein Anliegen nicht, es dauert einen Augenblick, bis sie ihre Mundwinkel hebt. Die Hilflosigkeit in ihrem Gesicht rührt ihn. Gleich darauf greift sie nach ihrem Glas und trinkt. »Und … deine letzte Beziehung ist jetzt wie lange her?«

Er sieht sie kurz an, wendet dann den Blick schräg nach oben, als dächte er nach. »Schon eine Weile«, sagt er schließlich, und je nachdem, auf wen er das bezieht, ist es annähernd die Wahrheit.

»Und was heißt: Schon eine Weile?«

»Ein paar Monate oder so«, und auch das ist nur eine halbe Lüge, so oft, wie er sich allein von Lydia getrennt hat, wird es schon irgendwie stimmen.

»Und bei dir?«

»Ein Dreivierteljahr.« Er glaubt es ihr.

»Und wie waren deine Trennungen so?«, fragt sie.

»Meine Trennungen? Na, wie Trennungen eben sind. Nicht besonders erfreulich. Und ich finde es, ehrlich gesagt, auch nicht besonders erfreulich, darüber zu sprechen, wir kennen uns ja noch gar nicht. Erzähl mir doch lieber von dir, von deiner Arbeit zum Beispiel, die finde ich spannend, ich habe noch nie eine Geowissenschaftlerin kennengelernt.«

»Meine Arbeit ist spannend, ja, aber auch nicht

besonders erfreulich, ich beschäftige mich mit Klimamodellen, insbesondere mit Kippelementen im Erdsystem, den meisten Menschen ist es lieber, wenn sie darüber nicht so genau Bescheid wissen.«

»Kippelemente? Du meinst, was passiert, wenn der Golfstrom kippt?«

»Zum Beispiel. Es geht um nichtlineare Dynamiken, also Entwicklungen, die von den bisherigen langfristigen Verläufen abweichen und zu irreversiblen Veränderungen führen.« Sie nimmt ihr Glas, trinkt, stellt es wieder ab. Provokation liegt in ihrem Blick. »Das, was passiert, wenn die ewig gültigen Regeln ihre Gültigkeit verlieren. Der Verlust von Selbstverständlichkeit. Dramatisch ausgedrückt: Das Ende der Welt, wie wir sie kennen. Darüber willst du reden?«

Zögernd hebt er sein Glas. Trinkt. Ringt sich ein Lächeln ab. »Klingt nach Ernsthaftigkeit. Finde ich gut. Und ... woran freust du dich so, in deinem Leben? Worüber lachst du, was macht dir Spaß?«

»Spaß?« Sie scheint länger überlegen zu müssen. »Ich fahre gern Fahrrad. Den Main entlang, bis in den Spessart oder so. Ich koche gern. Ich sehe mir alte amerikanische Komödien an, darüber kann ich lachen.« Sie spielt mit dem Rand des Tischläufers. »Ich lache überhaupt über ganz vieles, was so passiert. Fährst du Fahrrad?«

»Ja, ich bin sogar mit dem Fahrrad hier. In der Stadt bewege ich mich meistens damit, außer bei ganz schlechtem Wetter.«

»Und woran ist deine Ehe gescheitert?« Jetzt ist ihr Blick wieder direkt auf ihn gerichtet. Sie ist wirklich eine wunderschöne Frau, er wünschte, sie würde einmal richtig lächeln und mit einer Haarsträhne spielen.

»Das Übliche«, sagt er und bereut, in seinem Profil geschieden angegeben zu haben. Er ist nicht geschieden und wird es nie sein. Er beschließt, den Eintrag auf ledig zu ändern, falls das möglich ist. Er hat keine Lust auf solche Fragen. »Wir haben uns einfach auseinandergelebt.«

»Hast du sie betrogen?«

»Hey, das ist eine ziemlich intime Frage für ein erstes Treffen, findest du nicht?« Er verspürt den Impuls aufzustehen und zu gehen. »Wollen wir uns vielleicht erst mal ein bisschen kennenlernen?«

»Darum geht es doch. Ich bin an einer ernsthaften Partnerschaft interessiert, und ich möchte nicht wieder Wochen oder Monate brauchen, bis ich herausfinde, dass mein Gegenüber beziehungsunfähig oder ein notorischer Fremdgänger ist. Oder was es sonst noch so gibt.«

»Und du meinst, wenn ich ein notorischer Fremdgänger wäre, dann würde ich dir das jetzt ohne Umschweife erzählen?« Er grinst, so hartnäckig er kann, und auf einmal weiß er, dass er sie lächeln sehen will, einmal wirklich lächeln, also strahlt er, und tatsächlich wird ihr Blick weicher. Er fühlt sich, als wäre er zu Fuß in den fünften Stock gelaufen.

»Nein, natürlich nicht«, sagt sie. »Aber man merkt doch besser, mit wem man es zu tun hat, wenn die Themen erst mal auf dem Tisch sind.«

»Okay, gut. Dann lege ich jetzt alles auf den Tisch, was du wissen willst.« Er sieht sie herausfordernd an, und tatsächlich hat er das Gefühl, einen Kampf zu beginnen. »Na los! Frag!«

Sie trinkt, setzt das Glas wieder ab. »Macht es dir etwas aus, wenn die … Frau an deiner Seite beruflich erfolgreicher ist als du? Wenn sie mehr verdient?«

»Wenn sie mir etwas abgibt«, sagt er und grinst. Was verdient eine promovierte Wissenschaftlerin? Sicher keine hundert im Jahr. »Wieso sollte ich ein Problem damit haben? Außerdem bezweifle ich, dass es der Fall ist. Und falls doch, setze ich mich einfach früher zur Ruhe.« Er stöhnt innerlich. Das ist eine von der ganz verbissenen Sorte, am besten steht er wirklich auf und geht, so eine wirst du nie wieder los.

»Der Mann, mit dem ich eine Weile zusammen war, hatte damit auch kein Problem. Vor allem glaubte er, kein Problem mehr mit seiner Altersvorsorge zu haben.«

»Verstehe«, sagt er. »Und weiter?« Es klingt ruppiger, als ihm lieb ist.

»Was weiter?« Sie sieht ihn irritiert an.

»Themen. Du wolltest, dass ich alles auf den Tisch lege. Also los.«

»Kinder. Du hast zwei, oder?«

»Ja, zwei, Thomas und Annika, beide gut geraten und aus dem Haus.«

»Wie oft siehst du sie?«

Er hebt die Schultern. »Hin und wieder. Wie es sich ergibt, sie haben ihr eigenes Leben.«

»Mein Sohn ist vierzehn. Weißt du, was das bedeutet?«

»Kann ich mir lebhaft vorstellen. Pickel, Bartflaum, Achselschweiß, Chaos …«

»Einer der Männer, mit denen ich zusammen war, war der Auffassung, Tobias erziehen zu müssen.« Sie sieht ihn stechend an, und obwohl das schon eine Ewigkeit her ist, muss er an Theresa denken, die Studentin, mit der er im vergangenen Sommer etwas hatte, er muss an die Leichtigkeit denken, von der alles, was sie umgab, angesteckt wurde, und mit einem Mal vermisst er sie, so brennend, dass es schmerzt.

»Ich bin aus dem Alter heraus, in dem ich Kinder erziehen will«, sagt er. »So. Inquisition beendet?«

Er spürt Erschöpfung. Erschöpfung und gleichzeitig Sehnsucht danach, die Theresa-Leichtigkeit in dieser Frau zu finden, die ihm gegenübersitzt. Ein vollkommen illusorischer Wunsch. Du solltest einfach von hier verschwinden. Wenn sie nur nicht so schön wäre.

Sie schüttelt den Kopf. »Das ist keine Inquisition, das ist Pragmatismus. Ich will bloß klare Verhältnisse.« Sie sieht ihn schneidend an. »Einfach die Wahrheit von Anfang an, verstehst du?«

»Und die kennst du jetzt?«, fragt er provokant und sieht sofort die Verunsicherung, die sich wie ein Schatten über ihren Blick legt. Auf einmal kommt ihm ein Gedanke.

Sie deutet ein Schulterzucken an. »Sofern du mich nicht belogen hast.« Ihre Stimme klingt gepresst.

»Doch«, sagt er. »Hab ich.« Jetzt scheint sie es zu sein, die mit Fluchtgedanken kämpft. Er spürt eine Art Skrupel, aber er will einfach wissen, ob es funktioniert.

»Die Wahrheit ist: Ich bin nicht geschieden. Und ich werde es nie sein.« Er atmet vernehmlich ein. »Aber für den Status meiner Ehe gab es keinen passenden Auswahlknopf.« Er sieht nach unten, spielt ein bisschen mit dem Stiel seines Weinglases, je mehr er es durchdenkt, desto grandioser erscheint ihm die Idee. »Meine Frau ist krank. Unheilbar krank. Sie lebt mit starken Einschränkungen, auf …«, er macht eine Kunstpause, »vielen Ebenen. Ich werde sie nicht im Stich lassen, aber ich habe auch … Bedürfnisse.« Versonnen lässt er den Blick zu einem Paar wandern, das händchenhaltend ein paar Tische weiter sitzt. »So etwas«, sagt er und macht eine winzige Kopfbewegung, »wird nie mehr möglich sein.« Kurz steigt etwas in ihm auf, das ihn an Übelkeit erinnert, Übelkeit oder Schwindel, und das Wort Schwindel verschränkt sich in seinem Kopf zu einem Knäuel, er hebt sein Glas und trinkt, es hilft ein bisschen.

»Das tut mir sehr leid«, sagt sie, und plötzlich ist die Härte aus ihrem Gesicht gewichen. Noch kein Lächeln, aber die Härte ist weg. Er sieht erneut auf sein beinahe leeres Glas, und ihm wird bewusst, dass er sich genau jetzt entscheiden kann. Entscheiden muss. Bleiben oder gehen. Er zögert. Dann winkt er dem Wirt.

Eva Baronsky

arbeitete unter anderem als Journalistin, Grafikerin, Kommunikationsberaterin und Marmeladenverkäuferin. Inzwischen schreibt sie Romane, Theaterstücke, Libretti und Essays. Für ihren Debütroman *Herr Mozart wacht auf*, der sich über hunderttausend Mal und in zehn Länder verkaufte, wurde sie mit dem Friedrich-Hölderlin-Förderpreis ausgezeichnet.

Claudia Brendler

sucht das Komische im Tragischen, das Poetische im Lustigen und findet dabei Eigenartiges, Ehrliches, Ernstes. Sie arbeitete als Gitarristin, Punk-Bassistin, Autorin, Comedienne, war mit dem Musik-Comedy-Duo Queens of Spleens in Kabarettsendungen des WDR, BR, SWR, SFB und SR zu Gast und tourt mit musikalischen Lesungen durch die Lande. Außer Bühnentexten und Kurzprosa veröffentlichte sie bisher sechs Romane, zwei davon unter den Pseudonymen Leonie Faber und Cleo Leuchtenberg (gemeinsames Pseudonym mit Lisa Dickreiter).

KAMPA VERLAG

Tessa Hadley

Hin und zurück

Roman

Aus dem Englischen von
von Brigitte Jakobeit

Vor drei Jahren haben sie sich kennengelernt. Paul, der Schriftsteller, und Cora, die Bibliothekarin. Eine Begegnung mit Folgen. Viel ist seither passiert.

Paul fährt von Wales nach London, um seine Tochter zu suchen, die verschwunden ist. Er will sie retten und merkt nicht, dass sein eigenes Leben aus den Fugen gerät. Cora fährt in die Gegenrichtung, nach Cardiff, zum Haus ihrer Eltern. Sie flüchtet aus ihrer unglücklichen Ehe, aus ihrem Londoner Leben, das sie als einzige Enttäuschung empfindet. Dann bekommt sie einen Anruf: Ihr Mann sei verschwunden. Alles, was gewiss schien, gerät ins Wanken. Wie durch ein Wunder sind sich Paul und Cora einst im Zug begegnet. Doch die lange Reise, die das Leben bedeutet, ist durch ständige Verspätungen und verpasste Anschlüsse bestimmt. Ziel unbekannt.

»Tessa Hadleys Einfühlungsvermögen ist nahezu einmalig. Sie zählt zu den besten AutorInnen unserer Zeit.«

Chimamanda Ngozi Adichie

KAMPA VERLAG

William Boyd
Trio

Roman

Aus dem Englischen von
von Patricia Klobusiczky und Ulrike Thiesmeyer

Sommer 1968: In Paris gehen die Studenten auf die Straße, in Vietnam wütet der Krieg, Martin Luther King wird ermordet. Während die Welt in Aufruhr ist, wird im sonnigen Brighton ein aparter Kinofilm gedreht. Hier kreuzen sich die Wege eines Filmproduzenten, einer Schriftstellerin und einer Schauspielerin. Alle drei führen ein Doppelleben: Elfrida, der keine Zeile mehr einfällt und deren Ehe zerrüttet ist, ertränkt ihren Frust in Wodka. Talbot, der Filmproduzent, hat ein geheimes Hobby und macht gute Miene zum bösen Spiel, denn er weiß, dass sein Geschäftspartner versucht ihn auszubooten. In Anny, die umwerfende Hauptdarstellerin, ist die ganze Welt verliebt, aber ihre Liebschaften bereiten dem Filmstar nur Scherereien. Außerdem sitzt Anny ihr Ex-Mann im Nacken – und das FBI.

Während die Dreharbeiten bei scheinbar ausgelassener Stimmung voranschreiten, rumort es hinter den Kulissen gewaltig. Die Geheimnisse des Trios drohen aufzufliegen. Wie lange kann jeder seine Rolle spielen? Und wer inszeniert das größte Drama?

KAMPA VERLAG

Tim Krohn

Die heilige Henni der Hinterhöfe

Roman

»Das Mädchen hat einfach zu viel Gemüt!«

Als Henni Binneweis 1902 das Licht der Welt erblickt, herrscht noch Kaiser Wilhelm II. Die Frauen tragen Krinoline und arbeiten am heimischen Herd. Und ein Mädchen, das in einer Mietskaserne am Prenzlauer Berg aufwächst, kann nicht viel vom Leben erwarten. Doch Henni wird schon früh geweissagt, dass sie zu Höherem »jeborn« sei, und daran glaubt sie fortan felsenfest. Im Jahr 1914 geht es dann so richtig los: Der Kaiser erklärt den Serben den Krieg. Danach ist die alte Ordnung zerstört, doch Henni schlägt sich inmitten revolutionärer Tumulte und trotz der wirtschaftlichen Misere geschickt durch den Alltag.

Weil sie so kess wie hübsch ist, tanzt sie sich durch die rauschhaften Nächte und auf die Bühnen der Varietés, wo es munter drunter und drüber geht. Auch zu Hause bleibt kein Stein auf dem anderen, die Familie entzweit sich an einer Politik, die immer tollere Blüten treibt. Henni ahnt: Nicht nur beim Tanz, auch im Leben und in der Liebe ist Haltung das A und O.